LES AMAZONES DE THARN

DU MEME AUTEUR
CHEZ LE MEME EDITEUR

BLADE Nº 1 : LA HACHE DE BRONZE
BLADE Nº 2 : LE GUERRIER DE JADE
BLADE Nº 3 : LES AMAZONES DE THARN
BLADE Nº 4 : LES ESCLAVES DE SARMA

JEFFREY LORD

BLADE

LES AMAZONES DE THARN

TRADUIT DE L'AMERICAIN
PAR FRANCE-MARIE WATKINS

PLON

Titre original

THE JEWEL OF THARN

I.S.B.N. 2-259-00105-X

(Edition originale : I.S.B.N. 0-523-00203-3
Pinnacle Books, inc. New York)

CHAPITRE PREMIER

Big Ben avait sonné trois heures du matin, mais au 10, Downing Street les trois hommes étaient toujours assis autour de la longue table verte, dans la salle du Conseil Privé. La fumée bleue de la pipe de J enroulait ses volutes autour du lustre de cristal.

Le Premier Ministre but une gorgée de cognac et observa :

— C'est une sorte de mort, j'imagine. Que ce Blade est prêt à subir... Vous dites qu'il accepte ces risques de bon cœur ?

Lord Leighton, le plus grand savant anglais, un petit homme rabougri et bossu aux yeux jaunes pétillants, hocha la tête.

— Certainement. Avec joie.

J, qui était le meilleur ami de Richard Blade et le chef du M16A, grommela :

— Avec joie, ce n'est pas précisément le mot juste, Monsieur le Premier Ministre. Blade n'est pas fou. Il ne serait pas mon meilleur agent depuis vingt ans s'il l'était. C'est un superbe garçon, en pleine force de l'âge et il a encore beaucoup à attendre de la vie. Il s'est porté volontaire et il accepte volontiers les risques. De son plein gré. C'est simplement une question de devoir, de servir l'Angleterre, et c'est une chose que Blade comprend mieux que quiconque.

Le Premier Ministre considéra J et Lord Leighton, puis la liasse de copies qu'il avait devant lui.

— Très bien, Messieurs. Voyons où nous en sommes. Je vous avouerai tout d'abord que je ne comprends pas du tout ce miracle que vous avez accompli, Lord Leighton. Je suis un homme politique, pas un savant, et j'ai bien assez de problèmes sans en chercher de nouveaux dans ces bizarres recoins du cosmos ou de je ne sais quoi où vous envoyez ce Blade. Je...

Lord Leighton, qui aurait interrompu le bon Dieu lui-même, intervint :

— Il n'est pas question de cosmogonie. Je me suis efforcé de l'expliquer dans mon rapport. Il n'est pas question non plus d'espace ni de temps. Plutôt de fissure dimensionnelle. Mon ordinateur modifie la structure moléculaire du cerveau et du corps de Blade de manière à lui permettre de percevoir des dimensions qui nous échappent, et d'y vivre.

Le Premier Ministre, qui n'aimait pas être interrompu toisa assez froidement le savant.

— Vous vous êtes efforcé d'expliquer beaucoup de choses, Leighton. Et je viens de vous dire que je ne les comprends pas. Me permettez-vous de poursuivre ?

J, dont la pipe s'était éteinte, la ralluma vivement pour masquer son sourire. Lord Leighton, le plus grand savant de la nation, avait tendance à être arrogant et même méprisant quand il avait affaire à des hommes moins intelligents que lui.

— Blade, reprit le Premier Ministre, a déjà fait deux de ces... de ces voyages.

— Oui, répondit J. En Alb et à Cath. La première fois, c'était par accident. L'ordinateur s'était déréglé. La deuxième fois, c'était délibéré. La troisième... Eh bien, Monsieur le Ministre, c'est justement pourquoi nous sommes ici.

— Oui. Si j'ai bien compris, vous voulez un blanc-seing, qui vous donne carte blanche. Vous voulez aussi un million de livres.

Un silence. Lord Leighton avait fermé les yeux.

— C'est cela, répondit J. Nous voulons votre signature sur un document. Et aussi la somme bien entendu sans que la question soit abordée au Parlement. Je suis sûr que vous comprenez, Monsieur le Premier Ministre, qu'il s'agit d'une question de vie et de mort pour l'Angleterre. Jusqu'ici, aussi incroyable que cela paraisse, quatre personnes seulement ont été au courant de ces expériences. Lord Leighton, vous, moi-même et Richard Blade. Mais si nous voulons exploiter cette nouveauté, il nous est impossible de maintenir le secret. Nous devons recruter d'autres personnes, en assez grand nombre, et du point de vue de la sécurité ce sera une tâche ardue. Et coûteuse. Nous aurons besoin de beaucoup d'argent.

Le ministre considéra de nouveau les feuillets épars. Puis il prit une gorgée de cognac.

— Il m'est possible, je pense, de me procurer la somme. Il y a un fonds secret, je suppose qu'il existe toujours, qui a été rassemblé pendant la guerre... C'est le seul recours, non seulement pour les besoins de la sécurité, mais du simple bon sens. S'il me fallait intervenir au Parlement et demander des crédits pour... pour un projet de ce genre, on aurait tôt fait de me passer une camisole de force !

Lord Leighton rouvrit les yeux.

— Alors vous nous donnez l'argent ? Et carte blanche ?

Le Premier Ministre hésita. Puis il prit un des feuillets et le parcourut.

— Possibilités d'exploitation des voyages interdimentionnels. Hum ! Echanges culturels possibles ? J'avoue que, là, je ne vois pas très bien ce que cela signifie.

Lord Leighton fit un geste d'impatience.

— Simplement que plus nous comprendrons cet univers, et ses dimensions, moins nous risquons de tout faire sauter. Voilà ce que ça veut dire.

Le Premier Ministre continua de lire, mais en silence. J l'observait et il éprouvait une certaine compassion pour l'homme qui était à la tête du gouvernement britannique. J lui-même n'arrivait pas encore à y croire. Pas absolument. Pas même dans cette ère où le miracle était quotidien. Il était d'une autre génération. Les jeunes auraient sans doute trouvé tout à fait naturelles les expériences de Lord Leighton. J se demandait, lui, s'il n'allait pas se réveiller.

Lorsque le Premier Ministre eut terminé sa lecture il se leva et alla vers un secrétaire, dans le coin. Il prit une feuille de papier et griffonna rapidement quelques mots, puis il signa. J poussa un soupir de soulagement. Ils avaient le blanc-seing ! Et ils auraient donc le million de livres.

J, qui connaissait pourtant le curieux sens de l'humour du ministre, ne s'attendait pas à ce qu'il fit alors. Il le vit allumer une bougie qui se trouvait sur le secrétaire, la porter vers la longue table, et laisser tomber une goutte de cire chaude sur le papier, juste au-dessous de sa signature. Puis il y appuya le sceau de la chevalière qu'il portait à la main gauche.

— Tout ceci a un relent quelque peu médiéval, dit en souriant le Premier Ministre. Sorcellerie, alchimie, espions cachés derrière des tentures... Autant jouer le jeu jusqu'au bout, n'est-ce pas, Messieurs ?

Lord Leighton se leva, prit le papier, le parcourut et hocha la tête.

— Merci, Monsieur le Ministre. C'est tout ce qu'il nous faut. Avec le million de livres. Bonne nuit, Monsieur le Ministre.

Lord Leighton sortit sans se retourner, de sa curieuse démarche maladroite, résultat de la poliomyélite qui l'avait frappé dans sa jeunesse.

J prit congé avec plus de grâce, en essayant même d'expliquer la grossièreté du savant.

— Il est très fatigué, Monsieur le Ministre. Et il souffre constamment, il...

— Peu importe. Si j'avais un cerveau comme le sien, je crois que je serais aussi insupportable.

Procédez à votre expérience. Je vous souhaite bonne chance. Mais si tout ceci n'est qu'un canular, que Dieu nous vienne en aide. Je suis aussi engagé que vous à présent. Dès que vous serez partis, ajouta-t-il en rassemblant les feuillets, je brûlerai tout ceci.

Comme J allait sortir, le Premier Ministre le rappela.

— J'aimerais faire un jour la connaissance de ce Richard Blade. Le moment venu. Ce doit être un homme singulier, ce voyageur dimensionnel. A côté de ce qu'il accomplit, la marche sur la lune a l'air d'un exercice de boy-scout, il me semble.

J sourit.

— Certainement. Et Richard n'est pas un homme ordinaire, je vous l'accorde. Bonne nuit, Monsieur le Ministre.

J attendait Blade dans le petit bureau de Copra House, enfoui parmi les vieux immeubles de la City. Blade eut la chance de trouver à se garer dans Bart Lane et, après avoir passé une heure avec J, il partit avec lui dans la MG pour la Tour de Londres.

Pendant le trajet, J ne cessa de parler de tout et de rien pour masquer sa tension. Blade ne l'écoutait pas, trop occupé à réfléchir à tout ce qu'il venait d'apprendre. Ainsi, l'opération Dimension-X était maintenant officielle. Blade ne voyait guère ce que cela changeait, dans le fond. C'était toujours lui et lui seul qui devrait partir dans l'inconnu affronter ce qu'il y avait à affronter. Seul.

A la Tour, la procédure fut la même que les autres fois. Des agents en civil les escortèrent, leur firent descendre un escalier interminable jusqu'à l'ascenseur à la porte de bronze. Là, Blade et J se dirent au revoir.

— A bientôt, mon cher garçon. J'espère que cette fois votre aventure sera passionnante. Mais rappelez-vous que c'est plus qu'une aventure, cette fois-ci. C'est pour l'Angleterre ! Au revoir, Richard.

Blade entra dans l'ascenseur, la porte de bronze se referma dans un soupir et il plongea dans les profondeurs de la Tour. La cabine allait si vite qu'il en eut le vertige. Ce labyrinthe dans les souterrains de la Tour était récent. Récent et secret, top secret. Blade lui-même ne le connaissait que depuis quelques mois.

Lord Leighton l'attendait dans le hall brillamment illuminé. Le petit bossu en blouse blanche sourit en voyant surgir Blade. L'ascenseur remonta automatiquement.

Le savant serra la grande main de Blade.

— Je suppose que J vous a parlé de nos nouveaux appuis ?

— Oui.

Leighton hocha la tête puis il s'éloigna de sa démarche de crabe, comme accablé par le poids de sa bosse. Blade le suivit comme il l'avait déjà fait deux fois dans la salle des ordinateurs bourdonnants et cliquetants. Leighton les désigna d'un geste large.

— Un million de livres ! Cela signifie un renouvellement de tout le matériel, Richard. Ceux-ci sont déjà dépassés.

Blade se déshabilla dans la même cabine. Il ceignit ses reins de la serviette qui servait de pagne. Les autres fois, le linge s'était désintégré quand il était passé par l'ordinateur. Il sourit en se souvenant qu'il était arrivé entièrement nu en Alb et aussi dans la dimension de Cath. J, assez ironiquement, avait observé qu'il n'était que le mythe d'Adam réincarné. Mais Blade n'avait trouvé jusqu'à présent ni Jardin d'Eden ni Paradis perdu. Bien au contraire.

Lord Leighton ne perdit pas de temps. Tout était prêt. Blade pénétra dans la cage de verre au centre du gigantesque ordinateur. Leighton lui huila le corps et fixa les dizaines d'électrodes. Les fils minuscules avec leurs petites têtes de cobra métalliques furent connectés et groupés et passés par les petits hublots de la machine.

Lors de son premier départ, Blade avait eu un peu peur. Tout lui était inconnu. La deuxième fois il s'était senti nerveux, assez naturellement. A présent il n'éprouvait ni crainte ni nervosité. Il était curieux. Un peu excité. Il était resté trop longtemps oisif.

Lord Leighton acheva de fixer les électrodes puis il sourit à Blade, déjà installé sur le fauteuil et entouré de tellement de fils qu'il ressemblait à Gulliver enchaîné.

— N'oubliez pas, Richard, que vous n'avez pas besoin d'observer ni de vous souvenir consciemment. Notre travail avec l'ordinateur chronos a développé vos cellules de la mémoire de manière que vos observations soient automatiquement enregistrées. Ne vous donnez pas la peine de vous souvenir, tout sera là.

Blade hocha la tête. Lord Leighton tendit la main vers une manette.

— Je ne sais pas au juste quand je vous ramènerai. C'est assez délicat. Je procède en ce moment à des calculs extrêmement complexes, qui vont me prendre quelques jours. Mais ne vous inquiétez pas, mon garçon. Vous reviendrez !

Une lueur presque affectueuse brilla dans les yeux jaunes du bossu, de cet homme qui n'avait jamais aimé rien ni personne à part un ordinateur.

— Prêt, Richard ?

— Allez-y.

Lord Leighton abaissa la manette.

CHAPITRE II

Richard Blade ouvrit les yeux et contempla les montagnes qui lui blessaient les chairs. Des montagnes ? Sa vision s'éclaircit et son sens de la perspective lui revint. Pas des montagnes. Des cailloux. Il était couché à plat ventre, le nez dans des cailloux. Du gravier. Il avait atrocement mal à la tête. La douleur était familière, cela se produisait chaque fois que Lord Leighton le faisait passer par le complexe d'ordinateurs, mais c'était toujours aussi désagréable.

Où était-il, cette fois ? Pour Blade, c'était un des défauts de l'ordinateur. On ne savait jamais où il vous enverrait !

La douleur se calmait. Il se sentait mieux. Mais il ne bougea pas encore. Les yeux fermés, il laissa ses sens renseigner son cerveau. Question de technique, simplement. C'était son troisième voyage et il avait appris que lorsqu'on arrive dans un nouveau monde, une nouvelle dimension, on doit procéder très, très lentement. Il y avait moins de risques d'erreur et plus de chances de survie.

Il rouvrit les yeux, se releva et regarda autour de lui. Il se trouvait au fond d'une cuvette, une espèce de fosse entourée de buissons d'un aspect bizarre. Les pentes étaient couvertes de gravier et de silex et au fond il y avait un petit bassin d'eau rougeâtre.

— Jargo ! Là-bas, Jargo, là-bas, imbécile ! Pas ici. Amène le traîneau là-bas !

Instinctivement Blade se jeta de nouveau à terre. Dans sa dangereuse profession, son esprit prompt avait été son bien le plus précieux. Accroupi parmi les cailloux il tendit l'oreille. Il avait l'ouïe extrêmement fine. Au bout d'un moment il perçut de nouveau la voix.

— C'est ça, Jargo. Juste là où on pourra les ramasser demain. Bonne bête, va.

Blade ne bougeait pas. La voix semblait assez lointaine.

— Ça va, Jargo, ce sera tout pour cette fois. Ça ne sera pas mûr avant demain. Prends ton traîneau et ton équipe et emmène-les sur l'autre pente pour ramasser le *mani* là-bas. Tout va bien. Je te note pour vingt *kronos*.

Plusieurs choses se produisirent en même temps dans l'esprit de Blade. Il avait une intelligence aiguë capable de trier les impulsions extérieures avec dextérité et sans effort, mais cette fois il était dérouté.

La voix ne ressemblait à rien de ce qu'il connaissait. Elle n'utilisait pas des mots, mais une suite de cliquètements, de sifflements et de trilles. C'était un langage que Blade n'avait jamais entendu de sa vie.

Et pourtant il le comprenait !

Un instinct, transmis par le primate qui l'avait engendré un million d'années plus tôt, l'avertit d'un danger. Il se conseilla la plus grande prudence. Tout était silencieux, à présent. Il leva les yeux vers le ciel. Il n'y avait pas de soleil, pas de jour, pas de lune, pas de nuages. Blade éprouva un vague malaise. C'était un ciel comme il n'en avait jamais vu, incolore, opaque, laiteux. Il n'y avait pas d'oiseaux, pas de vent. Il ne faisait pas froid du tout, mais Blade fut parcouru d'un frisson. Il comprenait brusquement, sans savoir comment, que le ciel était *toujours* ainsi. Un éternel crépuscule.

Il se baissa et ramassa une grosse pierre, contempla sa nudité et hocha la tête. Son sourire lui revint, crispé, sans doute, mais un sourire quand même. Serrant la pierre dans sa main il se mit à escalader avec prudence la pente de la cuvette.

Les buissons qui la couronnaient étaient bas, rabougris, aux feuilles raides et pointues, avec de grosses baies noires. Ils formaient une haie impénétrable. Blade se glissa dessous sans se soucier des épines qui le déchiraient. Puis il écarta les branches et regarda.

Une plaine s'étendait à perte de vue. Des sentiers la quadrillaient, formant des champs. Au loin, à l'horizon, il distingua des bâtiments arrondis, des coupoles. Dans un champ il vit des silhouettes sombres au travail, qu'il prit tout d'abord pour des hommes ou des femmes. Bientôt, cependant, il s'aperçut que ce n'en était pas. Il ne savait pas du tout ce que pouvaient être ces créatures. Elles ne marchaient pas comme des hommes ; certaines étaient debout, d'autres allaient à quatre pattes, et le murmure constant qu'il percevait malgré la distance ne ressemblait pas à un langage humain. Et il ne le comprenait pas, alors qu'il avait inexplicablement compris ce qu'avait dit la voix qu'il avait entendue.

Soudain, il vit une silhouette se détacher du groupe et se diriger vers lui. Sa main se crispa sur la pierre. Avait-il été vu ? Non, ce n'était pas possible. Et la silhouette avançait d'un pas nonchalant, visiblement inconsciente de sa présence. Il l'observa avec attention.

Il vit tout de suite qu'elle n'était pas de la même espèce que les travailleurs. A mesure qu'elle approchait, il se sentait soulagé. C'était un être humain. Un autre homme. Ou une femme ?

Blade plissa le front. Il y avait là quelque chose de tout à fait anormal. La personne — faute de mieux il l'appelait ainsi — était nue, aussi nue que lui. Et pourtant il n'aurait su dire si c'était un homme ou une femme. Quand elle se rapprocha plus encore, Blade entendit que... l'être ?... parlait tout seul, émettant cette même suite de cliquètements, de trilles et de sifflements qu'il comprenait si étrangement.

C'était la même voix. La même personne qui s'était adressée à Jargo, qui ou quoi que fût Jargo.

Blade se décida. Il devait se renseigner, sans plus tarder. Il regarda la silhouette approcher en marmonnant tout bas, marchant entre de longues rangées de plantes qui ressemblaient à des cotonniers en fleurs. Ce devait sûrement être du coton. Il distinguait les touffes blanches des fruits ouverts.

La silhouette s'arrêta à côté d'un des arbustes, tendit la main, cueillit une des touffes, la fourra dans sa bouche, et repartit en mâchonnant avec satisfaction. Des mangeurs de coton ?

Blade remarqua alors quelque chose qui lui avait échappé. Près de la haie s'alignaient des plates-formes chargées de balles de touffes blanches, coton ou non, et plusieurs traîneaux avec une espèce de harnais servant à les haler.

La personne — Blade ne voyait pas d'autre mot — alla vers une des plates-formes et y prit quelque chose. Un gros livre. Blade hocha la tête. C'était assez simple. Un registre. La personne l'avait oublié et revenait le chercher.

Elle était maintenant à moins de quatre mètres de Blade, et ne semblait avoir aucun pressentiment de danger. Elle se jucha sur une des balles et se mit à feuilleter rapidement le registre, tout en émettant ces sons curieux dans cette langue que Blade comprenait inexplicablement :

— Je devrais quand même faire plus attention. Oublier le livre comme ça... Honcho me tuerait s'il savait que j'ai été aussi négligent, aussi distrait...

Clic-clic-hiss-trille...

Blade écoutait, comprenait et devenait de plus en plus perplexe. Qu'était donc cet être ? Il avait l'air humain. Des traits réguliers, assez fins, sous des cheveux châtain coupés courts. Un nez, une bouche, des yeux tout à fait humains. Le corps était plus svelte, plus menu que celui de Blade, la charpente très légère. Il était recouvert d'un fin duvet blond mais...

Blade comprit alors. Il avait sous les yeux une espèce de mutant ! Un neutre, asexué.

Il n'y avait pas de poils sur la poitrine, et pas de seins, même pas des vestiges. Rien que la peau très lisse. Il en allait de même au pubis. Pas de poils. Rien. Pas la moindre trace d'appareil génital. Blade soupesa la pierre. Il était sûr de pouvoir frapper l'être, de là où il était. Mais il se retint. Le crâne semblait fragile. Il ne voulait pas le tuer, ni même le blesser trop grièvement. Il voulait des renseignements, pas du sang.

Il reposa la pierre sans bruit. L'être, la chose, était toujours absorbé par son registre. S'il pouvait approcher en silence et le saisir...

Mais ce n'était pas possible. Il était à plat ventre dans les buissons et il ne pourrait s'en dégager sans bruit. Blade regarda le champ où le groupe de travailleurs s'éloignait tout en cueillant les touffes blanches pour les jeter dans des sacs immenses posés sur des traîneaux.

Il se redressa, pensant employer la persuasion en expliquant qu'il ne lui voulait pas de mal. Mais comment ? Il pouvait comprendre ce langage, si c'en était un, mais il ne saurait certainement pas le parler. Ma foi, se dit-il, un sourire ferait peut-être l'affaire.

Il se dégagea des buissons et avança en souriant, les mains tendues dans un geste amical. La créature leva les yeux et le vit. Elle sourit. Blade aussi. Il fit encore un pas.

Soudain le sourire de la créature s'effaça ; elle ne regardait plus la figure de Blade. Elle sauta de la balle de coton, en regardant fixement son corps nu, en particulier le bas-ventre. Une expression de crainte et de respect passa sur les traits de la chose. Elle tomba à genoux et leva des mains suppliantes.

— Seigneurhomme ! Excuse-moi, Seigneurhomme. Je ne savais pas que tu étais là. Tu n'as pas parlé, sinon j'aurais fait esclavommage tout de suite. Je fais esclavommage maintenant. Quel est ton désir, Seigneurhomme ? Tu t'es enfui de la Cage ? Tu as besoin de mon aide ? Tout ce que tu voudras, Seigneurhomme. Commande-moi !

Blade regarda du côté des travailleurs. Aucun n'était tourné vers eux. Les choses se présentaient mieux qu'il ne l'avait espéré, même s'il ne comprenait rien, sauf que cette créature le prenait pour un « Seigneurhomme » et que sa virilité exposée avait un rapport avec cette attitude.

Blade recula dans les buissons. Il fit un signe à la créature agenouillée. Il sourit.

— Viens ici, dit-il. Je ne te ferai pas de mal. Je veux te parler.

Blade sursauta, sidéré. C'était impossible et cependant c'était arrivé.

La créature le comprenait. Blade parlait normalement dans sa propre langue, exprimant sa pensée, mais ce qui avait jailli de ses lèvres était une suite de cliquètements, de trilles et de sifflements !

CHAPITRE III

Blade ne devinait aucune menace, dans la chose à genoux devant lui. Ils se comprenaient. Blade était un « Seigneurhomme », quel qu'en soit la signification de ce mot, et il était censé s'être enfui d'une cage. *La* Cage. Il décida de partir de là. Il posa une main sur l'épaule de la créature qui frémit et se mit à lui baiser les pieds.

— Pardonne-moi, Seigneurhomme. Pardonne-moi ma peur. Je te servirai comme tu le voudras. Mais ne me détruis pas, je t'en conjure. Je n'ai pas encore 200 kronos de mon temps. On me doit encore 300 kronos avant mon temps de destruction.

— Viens avec moi, ordonna Blade. Obéis-moi et je ne te détruirai pas. Aide-moi, obéis-moi en toutes choses et peut-être étendrai-je ton kronos.

Il avait déjà remarqué l'importance de ce mot de kronos dans cette nouvelle langue qu'il pouvait parler et comprendre, sans la comprendre tout à fait. Il devinait que le ou les kronos avaient un rapport avec le temps, les récompenses, les paiements, avec peut-être diverses autres significations et nuances. Il ne pouvait que bluffer.

Ils descendirent au fond de la cuvette, au bord du bassin. Le neutre — Blade l'avait baptisé ainsi — le regarda.

— Permission de boire, Seigneurhomme ?

Blade fit un bref signe de tête. Il était maintenant dans la peau de son rôle.

— Permission.

Le neutre but avidement, s'essuya la bouche sur le dos de sa main et leva les yeux vers Blade, des yeux vert pâle, brillant d'une intelligence secondaire, que Blade jugeait limitée. Mais pour le moment il était certain d'une chose : ce neutre ne pouvait lui faire de mal, n'en avait aucune intention et pourrait lui être d'un grand secours.

— Tu étendras vraiment mon kronos, Seigneurhomme ? Au-delà des 500 qui me sont donnés ?

Blade acquiesça. Il était dans le bain maintenant ; autant continuer de mentir et de tâtonner.

— Oui, mais nous en parlerons plus tard. Pour le moment, j'ai besoin de ton aide. Je... J'ai été malade. Je me suis échappé de la Cage comme tu l'as deviné, mais j'ai fait une mauvaise chute. Je me suis blessé à la tête. Et maintenant je ne me souviens plus de grand-chose. Je ne sais pas où je suis, ni ce que je fais ici. Alors nous devons commencer par le commencement, n'est-çe pas ?

Un soupçon de sourire. Un pétillement de malice dans les pâles yeux verts.

— Tu es tombé, Seigneurhomme ? Tu n'avais pas bu trop de *soka ?*

Blade enregistra le mot. Soka. Ce ne pouvait être qu'une variété indigène de tord-boyaux. Ce n'était qu'un détail, mais cela le réjouit comme l'écho lointain d'une voix familière.

Mais il fronça les sourcils et se fit bourru.

— Ton nom ?

Le neutre trembla comme s'il avait reçu un coup.

— Moyna, Seigneurhomme. Moyna. Kronos 4013 AG, Etage 9, Décantage 4. Destruction Kronos 500. Tout est là, Seigneurhomme, sur ma plaque de naissance comme la loi l'exige.

Le neutre leva un bras et indiqua son aisselle. Blade ouvrit de grands yeux. La peau était lisse et sans poils, tout comme l'aine et la poitrine. Sous la peau, facilement déchiffrable, il y avait une plaque rectangulaire portant les indications que l'être venait de donner. Blade les lut sans peine, comme s'il avait fait ça toute sa vie, et ne s'en étonna même pas. Il ne comprenait encore rien, mais il s'acclimatait vite. Il sourit.

— Très bien. Tu es Moyna. Je suis Blade !

Le neutre hocha la tête.

— Je comprends, Seigneurhomme. Tu es Blade. Tu es un des Vingt et tu t'es enfui de la Cage. Cela je le comprends, Seigneurhomme Blade. C'est bientôt le temps du Sacer et tu as peur d'échouer, de ne pas être choisi. Cela je ne le comprends pas parce que ça dépasse ma *cuna,* mais si tu le dis il doit en être ainsi. Mais comment puis-je te rendre esclavommage, Seigneurhomme Blade ?

Blade se frappa le front.

— Je te l'ai dit, Moyna. Je me suis blessé à la tête et j'ai oublié beaucoup de choses. Presque tout. Alors tu vas répondre à mes questions.

— Avec tout esclavommage, Seigneurhomme Blade.

— Où suis-je, alors ? Quel est ce lieu ?

— Tu es à Tharn, Seigneurhomme. Mais naturellement, cela tu dois t'en souvenir.

— Oui, bien sûr. Dans quelle partie de Tharn ?

— Dans le Canto 13, Seigneurhomme. Le Provo de la Gorge du Nord, répondit le neutre en indiquant les champs derrière la haie. C'est la *maniarea* Zygote. Nous moissonnons le mani, comme d'habitude.

Blade se rappela ce qu'il avait entendu à son réveil. Le mani devait être cette chose semblable à du coton. Mais qui n'en était pas, puisque c'était comestible.

— Qui est Jargo ? demanda-t-il.

Le neutre parut surpris. Il cligna des yeux.

— Jargo ? Un des céboïdes, bien sûr. Une bête de travail. Sans importance. Pourquoi, Seigneurhomme ?

Blade prit un air sévère.

— Tu ne demanderas pas pourquoi ! Tu te contenteras de répondre ! Compris ?

Le neutre se remit à trembler et voulut de nouveau baiser les pieds de Blade. Il le repoussa.

— Assez. Je veux de quoi manger, m'habiller, m'abriter. Et un endroit où nous pourrons parler sans être dérangés. Peux-tu me trouver tout cela ?

Le neutre secoua la tête.

— Il n'y a pas de tel endroit, Seigneurhomme, tu dois bien le savoir ! Mais j'oubliais... tu t'es blessé à la tête. Laisse-moi réfléchir. Je vais essayer parce que mon devoir est de te rendre esclavommage, mais ne te fâche pas si j'échoue. Je ne suis penseparle qu'au quatrième niveau.

Soudain Blade éprouva un malaise. Il regarda autour de lui. Ils étaient bien seuls et pourtant il se sentait observé, il sentait une présence. Le neutre était toujours à genoux et regardait le sol, visiblement plongé dans ses pensées.

— Y a-t-il du danger, Moyna ?

De nouveau de la surprise dans les yeux verts.

— Du danger, Seigneurhomme ? Tu as vraiment dû recevoir un bien grand coup sur la tête. Naturellement, il y a du danger. Il y a toujours du danger en Tharn. Beaucoup de danger pour tous les deux. Si on me cherche et si je ne puis m'expliquer à Honcho il me détruira. Si tu es pris tu seras envoyé à la Cage et... Mais tu dois bien le savoir, Seigneurhomme.

Blade ne dit rien. Pour le moment, il dépendait plus du neutre qu'il ne voulait se l'avouer.

Moyna releva la tête et regarda autour de lui, puis il sourit à Blade.

— Comme je te disais, je ne penseparle qu'au quatrième niveau, mais il est possible qu'ici, dans ce creux, nous n'ayons pas encore été vus sur les espiécrans. Je ne dis pas que c'est ainsi, mais c'est possible. Et je dis que c'est possible parce que Honcho n'a pas encore envoyé de bêtes-soldats pour nous capturer. Si nous étions sur les espiécrans, il l'aurait déjà fait. Alors si nous sommes rapides, nous pouvons peut-être nous échapper. Suis-moi, Seigneurhomme.

Le raisonnement, pensa Blade, se tenait. Un penseparle du quatrième niveau devait être un neutre assez intelligent. Cependant, Moyna grattait une des pentes de la cuvette comme un chien cherchant un os enfoui. Bientôt, il eut dégagé suffisamment de gravier pour révéler une trappe ronde qui semblait faite d'une espèce de plastique. Elle était épaisse, opaque, et rendit un son de cloche quand Moyna la frappa. Et pourtant, ce n'était pas du métal.

Moyna souleva la trappe. Une lumière diffuse brillait à l'intérieur. Le neutre fit signe à Blade d'entrer.

— Vite, Seigneurhomme ! Avant que nous soyions vus sur les espiécrans.

— Quel est cet endroit, Moyna ?

Le neutre refermait la trappe. Il se tourna vers Blade en souriant.

— J'ai dit que je ne suis que de quatrième niveau, Seigneurhomme. Aussi je ne puis retenir beaucoup de kronécriture. J'ai trouvé ce lieu un jour, par hasard, alors que je cherchais un traîneau de mani qui avait été volé et caché par un des céboïdes. Ils sont rusés, parfois. J'ai donc découvert cet endroit et je l'ai exploré, et puis je l'ai oublié, jusqu'à maintenant. Parce que mémpenser n'est pas de mon niveau.

Blade se força à la patience.

— Mais tu en sais quelque chose. Quoi ?

Il regardait au fond du tunnel, cherchant la

source de lumière. Il ne semblait y en avoir aucune. Cependant la clarté était là, lumineuse, d'un blanc laiteux, dansant devant eux comme un feu-follet tandis qu'ils avançaient dans le boyau étroit.

— Je sais seulement, répondit Moyna, que ce lieu a été creusé il y a longtemps, au temps des grandes guerres, quand les Pethcines ont envahi Tharn en montant la Gorge et ont dévasté le pays. Cela est instillé au niveau quatre. Et un peu plus. C'est dans les kronécritures, que les survivants, la Reine Déesse elle-même, et la Grande Prêtresse et quelques Seigneurhommes se sont cachés dans des endroits comme celui-ci pendant de nombreux kronos, jusqu'à ce qu'un moyen soit trouvé de vaincre les Pethcines. C'est tout ce que je sais, Seigneurhomme Blade. Quand ta tête sera remise de ton coup, tu sauras tout cela, bien sûr.

— Bien sûr, assura Blade et il sourit à part lui.

Il était un bien grand garçon pour retourner à l'école et recommencer à zéro, mais c'était bien ce qu'il devait faire.

Ils continuèrent d'avancer, la lumière diffuse dansant au-devant d'eux. Pour la première fois, Blade eut un peu froid. Moyna ne semblait pas remarquer le changement de température.

— Où conduit ce tunnel, Moyna ?

— Je ne sais pas, Seigneurhomme. Quand je suis venu, la première fois et la seule fois, je n'ai pas dépassé la salle des gardes. Nous y arrivons. Mais mon niveau me permet de deviner un peu et je pense que ce tunnel mène à l'une des Tours de la Gorge. C'était des Tours que les Pethcines étaient observés et repoussés, comme tu te le rappelleras quand tu seras guéri.

— Oui, bien sûr.

Le tunnel s'élargit brusquement et ils se trouvèrent dans une vaste salle. La lumière dansante s'arrêta en suspension au milieu, comme un globe de clarté palpitante. Blade s'en approcha et avança la main dans l'espace lumineux. Il ressentit un picotement, un léger choc et retira sa main. Une sorte d'électricité !

Au centre même de la salle il y avait une plaque circulaire encastrée dans le sol, de la même substance opaque semblable à du plastique que Blade avait déjà vue. L'idée lui vint que les Tharniens ne connaissaient pas le métal, ou n'en avaient pas l'usage. Il indiqua la plaque, qui avait environ deux mètres de diamètre.

— Qu'est-ce donc, Moyna ?

Le neutre tomba à genoux et joignit les mains dans un geste de prière.

— Non, Seigneurhomme Blade ! Non ! C'est interdit ! Je ne peux pas en parler !

L'être tremblait, détournait son regard, de Blade comme de la plaque.

Blade haussa les épaules mais contourna le centre avec prudence. Cependant, il était plus intéressé par les armes et les vêtements divers accrochés aux murs ou dispersés. Moyna devait avoir raison, pensa-t-il, cela avait dû être une salle des gardes, une garnison quelconque.

Des vêtements ! Il en avait bien besoin. Il décrocha ce qui lui parut être un uniforme complet. Tout y était, depuis les cothurnes jusqu'au casque à crête surmontée d'un panache. Encore une fois, pas de métal. Tout était fait de cette matière plastique opaque, légère comme une plume, sauf pour le casque et le pectoral qui étaient plus lourds et patinés de couleur bronze.

Blade frappa le casque de l'index recourbé.

— De quoi est-ce fait, Moyna ? J'ai oublié.

Le neutre, à présent que Blade ne semblait plus s'intéresser à l'effrayante plaque, s'avança en souriant.

— Du mani, Seigneurhomme. De quoi cela pourrait-il être fait ? Tout est fait avec du mani, mais parfois sous des noms différents.

— Mais ceci ? Cette matière plus lourde ?

— De la teksine, Seigneurhomme.

Blade commença à s'habiller. Il enfila d'abord une sorte de caleçon court en tissu très léger, puis une espèce de kilt serré à la taille, tombant jusqu'aux genoux. Puis il revêtit son torse puissant et ses larges épaules d'un maillot léger et d'une chemise plus épaisse en teksine tissée qui ressemblait un peu à une cotte de mailles. Mais quand il voulut boucler la cuirasse, il eut une hésitation. Perplexe et quelque peu inquiet il s'aperçut que le pectoral formait deux bosses. On ne pouvait s'y méprendre ! Cette armure avait été faite pour une femme. Une femme à la poitrine généreuse !

Il jeta l'armure sur le sol et aplatit les bosses avec les pieds. La teksine fléchit mais ne se brisa pas. Il boucla ensuite la cuirasse, se coiffa du casque et examina les armes. Comme l'armure, comme tout ce qu'il avait vu jusque là à Tharn, elles étaient faites de ce plastique omniprésent, teksine ou autre.

Blade avait toujours eu la passion des armes. A Londres, il faisait partie du Medieval Club ; tous les après-midi, en été, les membres se réunissaient dans le Kent et disputaient des tournois et des combats à la masse d'armes, à la lance, à l'épée à double tranchant, et Blade connaissait bien toutes les armes, de la framée au moderne M 16 en passant par le javelot et l'arbalète. Celles qu'il examinait à présent avaient donc quelque chose de familier, bien qu'il n'en eût jamais vu de tout à fait semblables.

Il fut stupéfait de constater que la matière plastique pouvait être affûtée aussi parfaitement que de l'acier. Il y avait là des sabres, des rapières, des coutelas, et une lame ressemblant fort à un couteau de tranchée. Blade choisit une fine rapière et ceignit le baudrier qui allait avec. Puis il dégaina et feinta plusieurs fois, en la faisant siffler. Il était un épéiste remarquable et se sentait rassuré d'avoir de nouveau une arme à la main.

Moyna l'observait avec indifférence. Il ne semblait pas avoir peur de la rapière, il n'avait pas même l'air de comprendre son usage. Blade la rengaina et s'intéressa à une rangée de tubes placés verticalement dans un ratelier. Dessous, il y avait un coffre plein de fléchettes minces et très pointues, toujours en plastique. Il prit un des tubes. Il ne lui fallut que quelques secondes pour en comprendre le fonctionnement.

C'était une espèce de sarbacane à air comprimé. Simple et efficace. Blade découvrit un petit levier, l'actionna et sentit la pression se former dans le tube. Il n'y avait pas de crosse, rien qu'un cercle et une détente. Blade la pressa et le tube émit un son creux.

Il trouva une goupille et enfonça une des fléchettes dans le tube, puis il actionna de nouveau le levier, braqua le tube sur un bouclier accroché au mur opposé et pressa la détente. *Tchack !*

La fléchette le pénétra de plusieurs centimètres. Il alla l'arracher et l'examina. La pointe était teintée d'une substance foncée. Un poison ? Une arme probablement fort efficace à courte portée. Cependant, il avait l'impression que tout cet arsenal était ancien, abandonné depuis longtemps. Mais il n'avait pas le choix et devrait s'en contenter.

Moyna le regardait faire avec la même indifférence. Manifestement, ces armes n'avaient aucune signification pour lui. Blade devina que les neutres n'en voyaient jamais, ne les comprenaient pas et par conséquent n'en avaient pas peur. Donc on ne les tuait pas avec des armes. Mais comment, alors ? Il se tourna vers la plaque de plastique au centre de la salle. Moyna en avait eu peur... Résolument, Blade y retourna.

Aussitôt, Moyna retomba à genoux, en tremblant et en joignant les mains.

— Non, Seigneurhomme ! Non. J'ai obéi. J'ai rendu bon esclavommage. Non, je t'en prie, non !

— Mais que crains-tu donc ? cria Blade, perdant patience. Regarde !

Il avança au centre de la plaque.

Il ne lui arriva rien. Il ne se passa absolument rien. Blade sourit à Moyna.

— Tu vois bien. Il n'y a pas de quoi avoir peur. Viens. Allons explorer plus loin.

Le neutre soupira et hocha la tête.

— Même maintenant tu ne comprends pas, Seigneurhomme. Toi qui es d'un niveau élevé. C'est ta tête, bien sûr. Tu as beaucoup oublié. Ce n'est pas un danger pour toi, uniquement pour moi. Viens, partons d'ici ! Nous verrons si l'autre tunnel nous mène à la Tour de la Gorge. Sinon, je ne pourrai pas t'aider.

Moyna se releva et, contournant la plaque de loin, il s'engagea dans l'autre passage. Blade le suivit, à contrecœur car la plaque l'intriguait.

Moyna atteignit l'endroit où le tunnel se rétrécissait. Il y eut soudain un éclair de flamme bleue. Moyna fut projeté en arrière et vint tomber aux pieds de Blade.

Blade le regarda. Le neutre ne se relevait pas. Il levait vers Blade des yeux pleins de larmes.

— Honcho, souffla-t-il. Honcho nous a vus. Nous sommes pris au piège. Le magvoile !

Blade enjamba la créature prostrée. Il avait déjà deviné qu'une espèce de champ magnétique avait été projeté autour de la salle, qui avait rejeté le neutre en arrière. Il se demandait si cela aurait le même effet sur lui.

Il avança hardiment dans le tunnel. Un éclair ! Un éblouissement bleu. Blade fut soulevé de terre et violemment projeté à la renverse. Il ne ressentit aucune douleur, aucune décharge ni brûlure électrique, il eut simplement l'impression qu'une grande main invisible l'avait repoussé. Il était aussi impuissant qu'un insecte dans un cyclone.

Le neutre gémit faiblement, prononça des mots sans suite et tendit le bras vers la mystérieuse plaque ronde.

Quelque chose s'y matérialisait. Un tourbillon de vapeur. Blade regarda, trop fasciné pour avoir peur.

La vapeur prit la forme d'une silhouette, lentement d'abord, puis plus vite. Et soudain un être fut là.

C'était un autre neutre, aussi nu que Moyna ; avec le même corps lisse et dépourvu de système pileux, le même duvet léger. Mais la ressemblance s'arrêtait là. Ce neutre était beaucoup plus grand que Moyna et son crâne était rasé. Plus développé aussi, les yeux verts plus vifs, brillant d'une intelligence rusée.

Moyna se frappa le front sur le sol en sanglotant.

— Honcho ! Pardon, Honcho ! Je n'ai fait que rendre esclavommage comme le veut la loi. Je ne pouvais pas faire autrement. Tu le sais, Honcho, tu le sais !

Le neutre nommé Honcho descendit de la plaque. Il n'eut pas un coup d'œil pour Blade qui observait avec fascination et avec un commencement d'inquiétude. Ce neutre portait au cou une chaîne qui était manifestement l'insigne de son rang ou de sa fonction. Les pierres, serties dans des maillons de plastique, scintillaient comme des diamants dans la lumière diffuse.

Des brillants gros comme des cubes de glace.

Honcho s'approcha de Moyna en larmes et le domina de toute sa taille. Le neutre était impassible, ses yeux verts mauvais. Il frappa l'épaule de Moyna.

— Combien de kronos ?

— Pas encore 200, Honcho ! Pas encore la mi-kronos. Je t'en supplie, Honcho, je t'en supplie...

Honcho caressa son menton avec de longs doigts fuselés et considéra Moyna d'un air songeur. Blade ne lut dans son expression ni pitié, ni compassion, ni colère non plus.

— Je suis navré, Moyna, dit enfin Honcho. Ce n'est pas vraiment de ta faute. Je le reconnais. Tu as rendu esclavommage au Seigneurhomme que voici, comme le veut la loi. Et comme je dois le faire aussi.

Le grand neutre se tourna vers Blade, comme s'il le remarquait seulement à présent et déclara :

— Je rends esclavommage, Seigneurhomme. Je suis Honcho. Kronos 4005 AG. Etage 1er. Décantage 14. Destruction Kronos 800. C'est écrit là. Je le présente comme le veut la loi.

Honcho leva le bras et indiqua un médaillon inséré sous la peau, au-dessous de l'aisselle, tout comme l'avait fait Moyna. Et cependant pas tout à fait de la même façon. Blade remarqua la différence. Il y avait dans le geste de l'arrogance, presque du défi. Blade le reconnut immédiatement. C'était le salut d'un subalterne à un officier qu'il déteste et méprise.

— Je suis du quatorzième niveau, Seigneurhomme, reprit Honcho. Je suis le Lui de tous les neutres. Si tu veux bien m'excuser, je vais m'occuper de Moyna. Encore une fois, je te rends esclavommage.

Les yeux verts étaient durs et un sourire bizarre plissait les lèvres minces. Blade comprit qu'il avait devant lui un ennemi !

Honcho se tourna vers Moyna.

— Entre. Moi, qui suis Lui, te l'ordonne.

Moyna pleura, supplia, se traîna sur les genoux vers la plaque puis il se retourna vers Blade et lui tendit des mains suppliantes :

— Seigneurhomme ! Tu as promis... tu avais promis d'étendre mon kronos. Tiens ta promesse. Sauve-moi !

L'autre neutre s'était écarté et les observait tous deux d'un air énigmatique.

Blade avait promis, oui. Il dégaina sa rapière, la fit siffler et se plaça entre Honcho et le malheureux Moyna.

— Je suis seul responsable. J'ai ordonné à Moyna de faire ce qu'il a fait. Si quelqu'un doit être puni, c'est moi. Alors punis-moi, Honcho, si tu l'oses !

Un doute, une certaine perplexité passèrent sur les traits de Honcho, et puis soudain il éclata de rire.

— Il y a quelque chose qui ne va pas du tout ici, *Seigneurhomme !*

L'être ricanait.

— Va ! dit-il à Moyna. Si tu n'obéis pas immédiatement tu souffriras la destruction numéro deux ! C'est ça que tu veux, Moyna ?

Moyna laissa échapper un cri étouffé et se traîna sur le cercle de plastique. Blade bondit sur Honcho et se fendit, avec une sorte de joie primitive, pour lui plonger la lame dans le cœur.

Il trébucha et faillit perdre l'équilibre. La rapière lui échappa. Il tenta de se retenir mais tomba ignominieusement. La lame n'avait transpercé que de l'air.

Honcho était maintenant à dix pas, de l'autre côté de la salle. Il considéra Blade de ses yeux verts et rit encore.

— Il y a vraiment quelque chose qui ne va pas du tout, *Seigneurhomme !* tu t'attaques à un *simlu ?* Tu es fou, ou tu souffres de la maladie du soka. A moins... Mais nous en reparlerons. Moyna !

Blade jura et se releva, furieux et impuissant. Il ne pouvait rien faire. Il ne comprenait rien, sinon que ce Honcho-là n'était pas le vrai neutre, le vrai Lui. C'était une image, une projection, un fantôme. Le véritable Honcho les observait d'un endroit secret.

Moyna était maintenant accroupi au milieu de la plaque, tremblant et gémissant. Honcho — la projection de Honcho — leva un doigt. Blade devina que c'était un ordre donné à quelque soldat ou serviteur invisible.

Moyna disparut soudain, son cri coupé net. Il y eut un léger nuage, une vague odeur de brûlé, et ce fut tout.

Sans regarder Blade, et s'adressant apparemment au mur, Honcho déclara :

— Destruction Moyna. Enregistrez.

Blade ramassa sa rapière et la remit au fourreau. Il avait été vaincu mais pas brisé. Il ne pouvait tuer un simlu, comme Honcho appelait son image, mais selon toute logique, s'il y avait un simlu, il y avait un neutre réel. Un vrai Honcho. Blade s'exhorta à la patience. Honcho se tourna vers lui.

— Et maintenant, Seigneurhomme, parlons un peu de toi. Es-tu l'un des Vingt ? T'es-tu enfui de la Cage d'Urcit ?

Blade tenta de bluffer. Cela avait marché, avec le pauvre Moyna.

— Oui. C'est exact. Je me suis évadé, mais j'ai fait une mauvaise chute. Je me suis blessé à la tête. Je ne me souviens de rien.

Honcho le considéra. Le ricanement était bien net mais cependant Blade sentait que le neutre n'était pas tout à fait sûr de lui. Il montra du doigt l'espèce de kilt de Blade.

— Soulève-le. Je veux voir.

Blade obéit. Il exhiba ses organes génitaux. Le neutre poussa un cri étouffé et recula. Blade crut un instant qu'il allait tomber à genoux et se prosterner comme Moyna. Mais non. Les yeux verts s'étaient rétrécis. Honcho se caressa de nouveau le menton et hocha plusieurs fois la tête. Blade laissa retomber le kilt, en comprenant qu'il avait perdu ce round.

Honcho tourna autour de lui, l'examinant sous tous les angles. Enfin, il parla :

— Tu n'es pas un Seigneurhomme ! Ça, je le sais. Et pourtant tu es homide, tu es l'un des AUTRES. Je ne comprends pas. Et je *devrais* le comprendre. Ma plaque de naissance ment, si les AUTRES ne le savent pas. Je suis bien au-dessus du quatorzième niveau, alors je devrais comprendre... Il y a là un grand mystère, un mystère que je finirai par comprendre, je le jure, et peut-être un mystère qui peut servir à mes projets.

Blade devait se répéter qu'il avait devant lui un simlu, que ce n'était pas le vrai Honcho. Mais il avait du mal à s'en convaincre. Le neutre qui lui faisait face était réel en tout sauf en substance.

— D'accord, Honcho, dit-il, je ne suis pas un Seigneurhomme. Homide peut-être, encore que je ne sache pas ce que cela veut dire. J'ai menti. Je ne me suis pas blessé à la tête. Je suis étranger dans ton pays. Tu me parais intelligent, alors asseyons-nous et raisonnons ensemble. Tu m'interrogeras, je t'expliquerai ce que je suis. Nous serons amis, pas ennemis.

Blade sourit, au prix d'un gros effort, et se fit encore plus aimable.

— Je regrette d'avoir cédé à la colère et d'avoir tenté de te tuer, Honcho. Veux-tu que nous soyons amis ?

Honcho se caressa le menton.

— C'est tout à fait étrange. Tu parles notre langue. Nous nous comprenons. Et pourtant tu emploies des mots que je n'ai jamais entendus. Amis ? Qu'est-ce que c'est ?

— Cela veut dire que nous ne chercherons pas à nous faire du mal. Que nous pourrons peut-être nous entraider, travailler ensemble, afin ue chacun de nous obtienne ce qu'il désire.

Le neutre hocha lentement la tête.

— Oui. Ça, je le comprends. Mais tu devrais savoir que tu ne peux pas me faire de mal avec des armes aussi grossières que celles-ci. Ce ne sont que des *arfactis,* qui datent d'un million de kronos, conservées comme des curiosités ou comme jouets pour les bêtes-soldats.

Blade ne répondit pas. Il sentait que l'image du neutre ne parlait que pour prendre le temps de la réflexion. Qu'il essayait de prendre une décision.

Elle fut prise. Honcho porta un doigt à ses lèvres et fit un léger signe de tête à Blade. Quand il parla, ce fut aux murs qui écoutaient.

— Tous les espiécrans du Provo de la Gorge du Nord doivent être occultés. Je suis Lui qui commande. Il n'y aura pas de memparle de ces derniers minikronos. Je répète, pas de mémparle ! Tout doit être effacé. Obéissez aux ordres de Lui.

Honcho frappa brusquement des mains. Blade sentit que les auditeurs et les observateurs invisibles avaient disparu. Pour une raison inconnue, Honcho ne voulait pas être écouté. Il se tourna vers Blade.

— Viens. Nous allons retrouver mon réel et nous pourrons causer. En secret.

Il se dirigea vers la plaque circulaire. Blade hésita. Honcho lui sourit ironiquement.

— Tu as peur ? De ce qui est arrivé à Moyna ? Tu as tort. Ce ne sera qu'un téléport, pas la destruction. Viens. Tu n'auras pas de mal. Comme tu dis, nous sommes amis. Pour le moment. C'est vraiment très simple. Un simple désétablissement de quarks.

Blade monta sur la plaque. Il était très près de Honcho maintenant et il ne put résister à la tentation de passer une main au travers de l'image. Il ne sentit rien et la projection n'en fut pas troublée. C'était comme s'il avait passé la main dans de la vapeur solide. Il ne s'étonna même pas de la contradiction de ces termes. Il réfléchissait, il cherchait à prévoir ce qui l'attendait.

Honcho examinait Blade. Il rit tout bas.

— Tu ne comprends vraiment rien du tout, n'est-ce pas ? C'est si simple. Alors maintenant je sais ce que tu n'es *pas !*

— Et qu'est-ce que je ne suis pas ? rétorqua sèchement Blade.

— Tu n'es pas Mazda ! Tu n'est pas LUI QUI VIENT AUX AUTRES. Ça, je le sais. Si tu étais Mazda, tu n'ignorerais rien. Je sais que tu n'es pas Mazda. Tu le sais toi aussi. Mais les AUTRES ne le savent pas. Alors, si je le veux, tu *seras* Mazda ! Tu seras LUI QUI VIENT AUX AUTRES. Tu as compris ?

Blade comprenait que la servilité serait une erreur, peut-être fatale. D'ailleurs, il n'avait jamais été servile.

— Je ne promets rien, rétorqua-t-il avec arrogance. Attendons, nous verrons.

— C'est ça. Nous verrons. Assieds-toi, prends un fauteuil.

Blade regarda autour de lui avec stupéfaction. Quelques fractions de secondes plus tôt il avait été dans la salle souterraine, sur la plaque, et maintenant il se trouvait au milieu d'une vaste pièce au plafond haut. Une musique douce provenait il ne savait d'où. Ses pieds foulaient un épais tapis blanc, qui devait être tissé avec l'éternel mani. Il y avait des bibliothèques le long des murs, et au centre un grand bureau bas flanqué de deux fauteuils profonds. Dans un de ces fauteuils, souriant, à l'aise mais le regard aigu, se tenait Honcho. Le neutre désigna l'autre fauteuil.

— Assieds-toi.

Blade avança avec prudence. Etait-ce le vrai Honcho, ou encore un simlu ? Honcho devina sa pensée. Il se leva et tendit une main.

— Touche.

Ils se serrèrent la main. Celle du neutre était fraîche, presque aussi fragile que celle de Moyna, mais c'était bien de la chair et de l'os. Blade se laissa tomber dans le fauteuil.

— Tu es convaincu que je suis dans mon réel, pas un simlu ?

— Oui, je suis convaincu.

— Bien, dit le neutre en souriant.

Pendant un moment il joua distraitement avec sa chaîne de diamants. Puis il ouvrit un tiroir et y prit une sorte de stylo à bille et une ardoise. Honcho posa la pointe — qui devait être un stylet — sur l'ardoise et regarda Blade.

— Ton nom.

Mais avant que Blade puisse répondre, le neutre leva une main.

— Un instant. Avant que nous commencions il faut que je t'explique quelque chose. Dis-moi un mensonge.

— Quoi ?

Avec une certaine irritation, le neutre répéta :

— Dis-moi un mensonge ! Quelque chose qui n'est pas vrai.

— Je suis la reine Elizabeth, réplique Blade en riant.

Un sourd bourdonnement monta des profondeurs du fauteuil. Deux voyants s'allumèrent sur les accoudoirs. Le sourire de Blade se crispa. Un détecteur de mensonge incorporé n'allait pas faciliter les choses.

— Tu as compris, dit Honcho. Maintenant. Ton nom ?

— Richard Blade.

De nouveau, le bourdonnement et les voyants clignotants. Blade fronça les sourcils.

— Je ne mens pas, bon Dieu ! Je *suis* Richard Blade !

— Faux, rétorqua le neutre. Tu as peut-être été Richard Blade, ou je ne sais qui, mais à partir de ce seg de kronos tu es Mazda. LUI QUI VIENT AUX AUTRES. Ne l'oublie jamais.

Blade, muet de stupeur, en resta bouche bée.

— Tu es Mazda, répéta Honcho. Tu es un dieu sous forme homide. Après des millions de kronos, la promesse a été tenue. Tu es ici. LUI QUI VIENT AUX AUTRES.

Il était impossible de se méprendre à l'expression de ruse de ces yeux verts.

— Et, ajouta le neutre, tu es aussi mon Dieu très personnel. Le mien, pour faire exactement ce que je désire.

CHAPITRE IV

Blade pensait avoir passé trois jours seul. Il n'avait aucun moyen de calculer le temps. Il ne comprenait pas encore les kronos tharniens, et il n'y avait ni jour ni nuit, ni soleil ni lune ni étoiles, rien que l'éternel crépuscule laiteux. Blade devait se contenter de deviner la durée des heures et de faire des marques avec un stylet sur l'ardoise qu'il avait trouvée dans ses appartements.

Il vivait bien, dans le plus grand luxe, et se savait continuellement observé par les espiécrans qu'il ne pouvait localiser. Il n'avait découvert ni fils, ni micros ni caméras tels qu'il les connaissait. Il n'avait rien trouvé du tout. Et cependant il était certain d'être observé. Honcho, le neutre qui était Lui, l'en avait averti avant de le laisser.

— Il se passera pas mal de segs de kronos avant que mon projet puisse être exécuté, avait-il dit. Je suis presque prêt, mais ton arrivée modifie les choses. En mieux, je l'espère. Mais il y en a encore que je ne comprends pas et que je *dois* comprendre. Je ne peux pas me permettre d'erreurs. Va, Blade. Je t'appellerai ainsi. Moi seul. Pour tout le monde tu seras Mazda. Un dieu. Ne l'oublie pas. Tu es LUI QUI VIENT AUX AUTRES.

Blade vivait bien. Il avait pu conserver la rapière, et savait donc qu'elle ne pouvait lui servir à rien. Il y avait des placards emplis de kilts et de vêtements semblables à des toges. Il y avait une salle de bains, une vaste pièce luxueusement décorée où il était lavé par des jets de vapeur parfumée, mais ni savon ni rasoir. Cela lui était égal. Il avait la barbe drue — il avait toujours dû se raser deux fois par jour — et elle commençait à allonger, épaisse et bouclée, noire et lustrée.

Ses repas lui étaient apportés, et ses appartements balayés par des créatures qu'il savait être les céboïdes dont Moyna lui avait parlé. Ces bêtes-travailleuses qu'il avait vues dans les champs de Tharn, le premier jour.

Mais celles-ci étaient des bêtes-soldats et Blade les observa avec attention. Elles étaient apparemment dressées à accomplir certaines tâches.

Les céboïdes se présentaient toujours en peloton, cinq femelles et un mâle. Les femelles portaient une cuirasse, un kilt et des cothurnes et n'étaient pas armées. Le céboïde mâle qui les accompagnait l'était. Il montait la garde à l'unique porte quand le magvoile était débranché. Blade n'avait tenté de franchir la porte qu'une fois, et avait aussitôt été rejeté en arrière par le mur électrique invisible.

Les céboïdes ne parlaient pas le tharnien. Ils

s'exprimaient entre eux par des grognements qui rappelaient ceux des singes. Mais ce n'était pas des singes. Leur face avait quelque chose de simiesque et pourtant les oreilles étaient presque humaines. Ils se tenaient généralement debout mais il leur arrivait de courir à quatre pattes. Les femelles avaient des seins fermes et bien développés, des jambes droites et à peine un vestige de queue. Le mâle — le seul que vit Blade — était aussi bien bâti, il avait une queue beaucoup plus longue et il gardait un des tubes de teksine braqué sur Blade tout le temps qu'il demeurait dans l'appartement.

Blade lisait beaucoup — il y avait une grande quantité de livres dans la chambre — en sachant que c'était ce que désirait Honcho. Il ne s'interrogeait pas sur les mobiles du neutre. Il s'efforçait simplement d'en apprendre le plus possible, afin de pouvoir survivre.

Il apprit ainsi que Tharn signifiait, littéralement, LE TOUT DE TOUT. Ce qui n'a pas son pareil. C'était, reconnut-il, un concept fort rassurant. Le fait que lui, et lui seul, savait que c'était faux n'y changeait rien.

Blade avait le droit de se promener sur une vaste terrasse. Il n'y avait pas de magvoiles devant les fenêtres de sa chambre. Ce jour-là, après le départ des céboïdes, il sortit et alla s'accouder à la balustrade. Il savait, pour l'avoir testé, qu'un magvoile s'étendait à quinze centimètres du rebord du parapet.

La Gorge effrayait un peu Blade, qui n'avait pas peur de grand-chose. La tour dans laquelle il était enfermé se dressait au bord de l'abîme. En se penchant pour regarder en bas, et en prenant garde de ne pas toucher le magvoile, il ne voyait que des kilomètres de néant. En face, c'était la même chose. Il en venait presque à croire, mais pas tout à fait, ce que lui disaient ses yeux, que Tharn était un plateau surmontant des abysses d'espace infini.

Ce ne pouvait être vrai, naturellement. Même dans cette dimension. Moyna avait parlé des Pethcines. Cette tour, cette immense construction faite d'énormes blocs de plastique opaque n'était qu'une des nombreuses citadelles érigées pour garder la Gorge et comme défense contre les Pethcines. Mais qu'étaient ces Pethcines ? Blade, laissant vagabonder son esprit, se demanda s'ils pourraient devenir ses alliés. Des amis ? Ou des nouveaux ennemis ?

Il longea la balustrade. Elle s'incurvait un peu plus loin, fermant la terrasse, et il savait que le magvoile s'étendait au-delà.

De nouveau, arrivé à l'extrémité, Blade regarda en bas. Il vit une autre terrasse, assez semblable à la sienne, à une trentaine de mètres au-dessous. Jamais personne ne s'y trouvait. Quoi qu'il en soit, il y avait le magvoile pour le retenir prisonnier. Il avait cherché un moyen de passer outre à cette barrière mais n'avait rien trouvé. Il savait encore trop peu de choses des champs et des influx magnétiques que les Tharniens utilisaient et avaient porté à un haut degré de sophistication. Mais il lisait et apprenait d'heure en heure. Et, en vieil intrigant, il savait reconnaître l'intrigue. Honcho manigançait quelque chose et Blade sentait qu'il jouait lui-même un rôle important dans les projets du neutre. Il s'estimait donc relativement en sécurité et il était tout prêt à attendre la suite des événements.

Jusqu'à cet instant précis. Cette fois il y avait une femme, sur la terrasse inférieure, et il faillit pousser un cri. Le désir monta immédiatement en lui.

Elle était près de la balustrade et contemplait la Gorge tout en peignant de luxuriants cheveux roux qui lui tombaient aux genoux. Même dans l'éternel crépuscule incolore de Tharn la chevelure rousse brillait comme une oriflamme et dans le silence qui planait sur la Gorge il perçut le doux crissement du peigne passant dans la masse lustrée.

La gorge de Blade se dessécha et son cœur se mit à battre à grands coups. Il avait du mal à aspirer dans ses poumons l'air dense de Tharn. Il avait toujours été porté sur les choses du sexe, et sexuellement surprivilégié, selon le mot de J, mais jamais il n'avait encore éprouvé un désir aussi violent que celui qui faisait maintenant rage dans son corps.

Il se pencha le plus loin possible et contempla la femme, cherchant un défaut, une indication de mutation. Il n'en trouva aucun. C'était une femme. Une *vraie* femme ! Blade allongea le cou. Trop loin. Il recula, craignant le magvoile — ce n'était pas une sensation agréable — et s'aperçut soudain qu'il n'y en avait pas. Pas en cet endroit ! Il y avait un vide, un trou dans la cage électrique invisible qui l'emprisonnait.

A dessein, pensa-t-il aussitôt. Honcho voulait qu'il voie la femme. Blade le remercia à part lui et ne s'interrogea pas sur les raisons du miracle. Il se pencha aussi loin que possible et regarda tout son soûl, avec une réaction physique massive.

La femme releva la tête. Leurs regards se croisèrent. Elle avait des yeux admirables et, malgré la distance, il vit que ses traits étaient d'une beauté classique, le visage ovale, le front haut, les yeux bien écartés, le nez droit et court, finement ciselé, la bouche écarlate à la fois ferme et sensuelle.

Elle portait un pectoral et un minuscule cache-sexe qui rappela à Blade un bikini minimum. Ses jambes étaient longues, sveltes et malgré la vue en plongée il devina qu'elle devait être très grande.

Ils se regardaient toujours dans les yeux. Blade se sentait attiré, il voulait enjamber la balustrade, se laisser tomber sur elle, s'immoler et se noyer en elle. Sa propre chair était lourde. Il dut faire un grand effort pour lever une main et l'agiter.

Le mouvement parut les délivrer tous deux d'un envoûtement. La femme tomba à genoux, les longs cheveux roux cascadant sur ses épaules nues. Elle écarta les bras, ses mains glissèrent sur la terrasse et elle se prosterna, frappant de son front les dalles de teksine. Alors Blade, qui luttait pour maîtriser ses sens et son esprit, comprit qu'elle le prenait pour Mazda. LUI QUI VIENT AUX AUTRES.

Cela voulait dire que Honcho avait prévu, organisé cela !

Blade la regardait. Il attendit. Enfin elle se redressa et leva les yeux. Il se désigna lui-même, puis la terrasse d'en-bas. Il sourit. Mazda était d'humeur bienveillante, amoureuse même. Blade sourit encore.

Il retourna prestement à sa chambre, ouvrit les placards et se mit à déchirer les vêtements en longues bandes. La teksine, fabriquée avec le mani, était extrêmement résistante. Blade ne craignait pas de tomber. Pas plus qu'il n'avait peur de Honcho pour le moment. Il était curieux. Le neutre avait voulu cela, avait causé l'interruption du magvoile en cet endroit précis et avait fort probablement donné des instructions à la fille. Pourquoi ? Blade s'en moquait. Il se consumait de désir. Et peu lui importait que Honcho regarde ou écoute avec ses espiécrans.

Rapidement, il noua et tressa sa corde de teksine. Retournant à la balustrade, il la lança, l'attacha solidement et se balança au-dessus du vide, pour descendre le long de la corde improvisée comme un marin. La terrasse était vide, à présent. La fille avait disparu. Blade s'approcha d'une fenêtre ouverte.

L'appartement était semblable au sien. Elle se tenait au milieu de la vaste chambre, tournée vers la fenêtre. Ses cheveux flamboyants recouvraient ses seins. Quand Blade entra, elle se jeta de nouveau à genoux, le front sur les dalles.

Il s'approcha et contempla un moment son corps presque nu. Elle était admirablement formée. Sa peau semblait dorée dans le jour pâle. Il posa une main sur la tête penchée et elle se mit à trembler.

Blade fit un effort pour ne pas trahir son désir et sa concupiscence quand il parla, et y parvint presque :

— Sais-tu qui je suis ? demanda-t-il.

Sans le regarder elle répondit :

— Je le sais. Tu es Mazda. Tu es le Dieu. Tu es LUI QUI VIENT AUX AUTRES.

Blade réprima un sourire. Il était prêt à jouer son rôle jusqu'au bout. Peut-être était-ce cela que désirait Honcho, voir comment Blade jouerait le rôle de Mazda.

Il caressa une épaule ronde et tiède, veloutée, élastique. Jamais il n'avait encore touché une chair semblable. Jamais encore il n'avait vu de peau aussi dorée. Et maintenant il avait conscience de son odeur, un effluve délicat, un parfum de fleurs et de féminité qui attirait et ensorcelait, une senteur de Lorelei plus forte que des chaînes.

— Relève-toi, dit-il. Moi, Mazda, je veux te voir.

Elle obéit. Elle était aussi grande que Blade, qui mesurait plus d'un mètre quatre-vingt-cinq. Elle n'osa pas le regarder en face.

— Regarde-moi, ordonna Blade.

Elle avait des yeux immenses, lumineux, d'un violet de gentiane. Ils plongèrent dans ceux de Blade, avec un mélange de crainte, de respect et de curiosité. Et un soupçon d'invitation ? Il garda sa main sur son épaule.

— Tu reconnais que je suis Mazda ? LUI QUI VIENT AUX AUTRES ?

— Je le reconnais.

— Tu feras ce que j'ordonne ?

— En toutes choses, Seigneur Mazda.

Blade ne put attendre davantage. Il se consumait dans sa propre flamme. Il l'attira contre lui et l'embrassa.

Elle se laissa faire. Elle était une colonne de marbre d'or velouté. Elle ne bougea pas, elle ne ferma pas les yeux. Elle le regarda fixement tandis qu'il l'embrassait encore. Ses lèvres étaient chaudes, mais aussi résistantes et inertes que la teksine sous leurs pieds. Blade s'écarta un peu et lui souleva le menton.

— Tu n'aimes pas embrasser ?

— Embrasser ? Je ne comprends pas, Seigneur Mazda. Je ne connais pas ce mot.

— Je te l'expliquerai. Viens. C'est mon désir.

Il la reprit dans ses bras et l'embrassa avec passion. Encore une fois, elle ne résista pas, mais au bout d'un moment il sentit ses lèvres frémir sous les siennes. Il les ouvrit de force avec sa langue. Elle commença à trembler sous son étreinte. Enfin il la lâcha.

— Voilà ce qu'embrasser veut dire. Tu le sauras la prochaine fois. Ça te plaît ?

— Ça me plaît, Seigneur Mazda. Est-ce ce que font les dieux ?

— Quand ils le peuvent. Comment t'appelles-tu, fille ?

— Je suis Zulekia. Des Maidukes des AUTRES.

Blade avait suffisamment lu pour savoir à présent que les Maidukes étaient des servantes privilégiées d'une classe supérieure, les dames d'atours des AUTRES. Mais il avait cru comprendre qu'elles ne quittaient jamais Urcit, la grande capitale de Tharn.

Il la prit par la main et la conduisit vers le grand lit bas qui emplissait un coin de la pièce. Elle le suivit d'abord docilement, et puis elle se dégagea, recula et se prosterna de nouveau.

— Non ! Non, Seigneur Mazda. Je ne peux pas. Je ne suis pas digne. Je ne suis pas de celles qui sont réservées à LUI QUI VIENT AUX AUTRES. Je suis *karno !* je suis *karno !*

Blade la considéra, perplexe et impatient. Karno ? Il n'avait pas trouvé ce mot dans ses lectures.

Zulekia s'aperçut qu'il ne comprenait pas et cela l'étonna visiblement, mais elle se retourna pour lui montrer le dos de son bikini.

— Je suis karno, répéta-t-elle. Mon sceau a été brisé.

Blade fut intrigué. Il se pencha pour examiner le cache-sexe, qui était maintenu par une fine ceinture de teksine dont les deux extrémités disparaissaient dans un médaillon en forme de sceau. Zulekia l'effleura de sa main et le sceau s'ouvrit. Elle se retourna vers Blade.

— Comprends-tu, Seigneur Mazda ? Mon sceau a été brisé et n'a pas pu être remis, comme le fait la Prêtresse, alors je suis karno. Impure. J'ai été avec les Seigneurhommes et j'ai été surprise. C'est pourquoi on m'a bannie d'Urcit et envoyée ici pour être punie. Je suis mauvaise. Pas propre. Impure. C'est pourquoi le Seigneur Mazda ne peut faire *coi* avec moi.

Blade regarda autour de lui. Il ne vit que les murs de teksine mate. Il espérait que Honcho se repaissait les yeux et les oreilles. Blade commençait à mieux comprendre le neutre. Il ne se contentait pas de surveiller. Honcho était un voyeur, un perverti ! Honcho n'avait pas de sexe et pourtant... pourtant...

Blade la reprit par la main et l'entraîna fermement vers le lit.

— Je comprends. Ça n'a pas d'importance. Cela m'est égal. Maintenant, obéis !

Il était incapable d'attendre plus longtemps. Il la retourna, et d'une main tremblante défit l'agrafe retenant le pectoral, qui tomba en tintant sur la teksine. Zulekia se laissa faire sans bouger.

— Lève un peu les bras, souffla Blade.

Elle obéit.

Ses seins étaient des globes d'or frais dans ses mains, les mamelons se dressaient sous la légère caresse de ses doigts. Les genoux de Blade commençaient à trembler et il devait lutter pour se retenir. Mais il était résolu à ce que ce jeu le serve doublement. Il approcha sa bouche de l'oreille de Zulekia.

— Tu sais que Honcho nous observe ?

Elle le surprit en répondant à voix haute.

— Oui, je le sais.

— Hoche la tête, siffla Blade. Ne parle pas !

Elle tourna un peu la tête vers lui, les grands yeux violets pleins de perplexité, et encore une fois elle s'aperçut qu'il ne comprenait pas. Elle arracha un de ses longs cheveux rutilants. Elle le laissa tomber sur le sol. Lorsque le cheveu se posa sur la teksine, elle dit :

— Honcho a entendu cela.

Blade réprima sa rage. A quoi bon cette colère ? Et il était heureux d'apprendre que les espiécrans étaient aussi sensibles. C'était incroyable, et pourtant il le croyait. Il ne servait à rien de chuchoter. Et il n'y avait aucun endroit où se cacher. Puis il eut une inspiration. Peut-être... mais cela pouvait attendre. Tout le reste pouvait attendre.

Il la retourna encore et lui caressa les seins pendant un moment, puis il lui ordonna de s'allonger sur le lit. Elle obéit sans hésiter. Maintenant qu'elle l'avait averti, qu'il savait qu'elle était karno et ne semblait pas s'en soucier, elle était prête à se soumettre à la volonté du dieu. C'était ainsi que Blade le comprenait.

Zulekia leva vers lui des yeux violets inexpressifs. Blade lui arracha son cache-sexe. Puis il se déshabilla précipitamment.

Alors qu'il s'apprêtait à la pénétrer, il eut soudain un doute affreux. Etait-ce encore un des tours diaboliques de Honcho ? Cette femme était-elle réelle ? Ou était-ce un simlu ? Un fantôme ?

Quelques secondes plus tard il était rassuré. Ce n'était pas un simlu. Elle était bien femme, plus femme que toutes celles qu'il avait connues, l'essence même de la féminité. C'était le mystère, l'inaccessible, et Blade le devinait, Blade l'atteignait.

Zulekia n'eut pas un gémissement. Elle ne le prit pas dans ses bras. Cependant elle ondulait sous lui comme il n'aurait jamais cru que ce fût possible. Son parfum, son odeur l'enivrait. Il avait l'impression que ce qu'elle faisait lui était aussi naturel que de respirer. Elle ne feignait pas. Elle ne faisait aucun effort. Elle *était,* simplement. Leurs deux corps se complétaient, se confondaient, se moulaient l'un à l'autre, moites, brûlants, le pilon et le mortier.

Ce fut Blade qui gémit, qui poussa un cri. Blade qui s'agita frénétiquement. Blade qui se vida dans un grand spasme d'extase.

Epuisés, ils se reposèrent. Du coin de l'œil Blade vit une ombre bouger dans le coin de la chambre. Il tourna la tête, à temps pour apercevoir le simlu de Honcho qui se dissipait lentement et disparaissait. Le sourire ironique, seul, s'attarda un instant.

CHAPITRE V

Blade avait espéré établir un moyen de communication avec Zulekia, peut-être par attouchements, ou clignements d'yeux, mais il n'en eut pas le temps. Un groupe de soldats céboïdes arriva immédiatement et il fut ramené dans son appartement. En se retournant, Blade vit que la fille le regardait et il crut lire une supplication dans ses yeux violets. Espérait-elle qu'il pourrait la sauver ? Mais le pourrait-il ?

Honcho l'attendait. Il portait une cuirasse et une lourde cape de teksine transparente. A la main, il avait deux ceintures bizarres, ressemblant un peu à des ceinturons à cartouches avec le baudrier.

Le neutre en tendit une à Blade.

— Mets-la.

Il toucha légèrement Blade pour lui montrer qu'il était réel, pas un simlu, et ajouta :

— Viens avec moi. Nous avons un long voyage à faire. Tu ferais bien de prendre un manteau. Nous allons dans la Gorge et là il y aura du climat.

D'après ses lectures, Blade savait comment les Tharniens comprenaient le climat, qu'ils savaient le contrôler, mais le mot n'avait encore jamais été mentionné.

Honcho appliqua une main sur le mur et un panneau glissa sans bruit. Blade suivit le neutre dans l'obscurité. Aussitôt, un globule de lumière apparut et les précéda en dansant.

Ils suivaient un passage aux parois lisses, si étroit qu'ils ne pouvaient marcher de front. Honcho ouvrait la marche. Pendant un moment, Blade fut tenté. C'était le véritable Honcho, pas un simlu, et il était sûr de pouvoir le tuer rien qu'avec ses mains nues.

Il repoussa la tentation. Ce n'était pas encore le moment. Il était tout à fait étranger dans une terre inconnue, et à la vérité il avait tout autant besoin de Honcho que le neutre semblait avoir besoin de lui.

Honcho marchait rapidement, suivant la lumière.

— Pour la première fois, dit-il, je me mets en danger. Tu feras bien de ne pas l'oublier et d'agir en conséquence, parce que si je suis en danger tu l'es aussi. Nous allons voir le roi Org, le roi des Pethcines et sa fille Totha. Ils ne m'aiment pas, ils n'ont pas confiance en moi, mais ils doivent te connaître. Les Pethcines ne croient pas aux dieux des AUTRES, et je ne pense pas qu'ils croiront que tu es Mazda — ils sont trop rusés et trop rustres pour ces croyances — mais je peux leur faire comprendre que tu es capable de nous aider. Et c'est vrai. M'aider moi, en tous cas !

Blade ne dit rien. Il allait toujours à tâtons mais il était déjà certain que Honcho méditait autre chose qu'une simple révolution de palais. Il projetait de renverser les AUTRES et de s'emparer du pouvoir. Et il entendait probablement se servir à la fois de lui-même et des Pethcines. Blade ne pouvait qu'attendre et voir venir. Aussi bien, les AUTRES méritaient d'être renversés... et Blade avait surtout le souci de son propre avenir.

Nonchalamment, il demanda :

— Ça t'a plu, Honcho ? De nous regarder, la fille et moi ? Ou plutôt est-ce que ça a plu à ton simlu ?

— Je n'observe pas pour mon plaisir, rétorqua Honcho sans se retourner. J'observe pour comprendre. Je n'avais jamais vu pratiquer le coi. Pas plus qu'aucun autre neutre. Normalement, la curiosité du coi ne nous est pas instillée durant notre période de décantation. Moi, bien sûr, je suis différent. Je trouve le coi intéressant et déroutant. J'ai bien observé, j'ai remarqué tes convulsions, ton expression. J'y ai vu autre chose qu'un acte physique. Une chose que je ne comprends pas encore. Il m'a semblé qu'à un moment donné tu étais au pouvoir de cette Maiduke. C'est vrai ?

— Non. J'ai éprouvé du plaisir. Je n'étais pas en son pouvoir.

— Je pense le contraire. Je ne peux pas l'exprimer parce que nous n'avons pas de mots pour ça en tharnien. Mais je l'ai bien vu.

Il était rusé. Blade s'avoua qu'il avait perdu

encore un round et ne fut pas surpris quand Honcho demanda :

— Tu vas maintenant te soucier de ce qui arrivera à Zulekia ? Tu voudrais peut-être la sauver de la punition qui a été décrétée ?

Blade pesta. Il n'y avait peut-être pas de mots dans la langue tharnienne pour exprimer l'amour ou la tendresse, ou la simple affection humaine, mais Honcho ne s'y était pas trompé.

— Je n'aimerais pas qu'il lui arrive de mal, reconnut-il, et s'il est possible de la sauver je le ferai volontiers. Quelle doit être sa punition ?

Honcho éclata d'un rire cruel.

— Etre livrée aux céboïdes, naturellement. A tous, même les plus bas. Ils aiment beaucoup les femmes homides. Et puis elle sera donnée aux céboïdes femelles qui la mettront en pièces et jetteront les morceaux dans la Gorge.

Blade, qui n'était pas particulièrement sensible, frémit.

— Je ne voudrais pas que cela lui arrive.

— Je m'en doutais. Il est en mon pouvoir de l'empêcher. Je l'empêcherai tant que tu obéiras à mes ordres et ne chercheras pas à me trahir. Comprends bien cela, Blade. J'ai placé la femme dans un lieu très secret, sous la garde de mes céboïdes les plus fidèles. Elle sera en sécurité aussi longtemps que tu seras *à moi*, *mon* Mazda, mon LUI QUI VIENT AUX AUTRES.

Et Honcho rit encore.

Blade ne répondit pas. Le neutre était un furet. Un maudit furet rusé qui, sans même le comprendre, avait découvert le défaut de la cuirasse de Blade, son unique faiblesse.

Le tunnel s'élargissait. La lumière dansante s'arrêta et plana au-dessus d'un sombre trou circulaire. Blade nota une fois de plus que les Tharniens connaissaient et utilisaient le concept du cercle, bien qu'ils aient depuis longtemps abandonné la roue.

Quatre soldats céboïdes gardaient l'entrée du puits. Ils s'inclinèrent respectueusement en voyant apparaître Honcho. Ils étaient en armure, et portaient des épées et des tubes de teksine à air comprimé. Honcho leur parla brièvement dans leur langage et ils s'écartèrent, en observant Blade de leurs yeux rouges.

Honcho régla la ceinture qu'il portait en tournant un petit cadran et fit signe à Blade de l'imiter. Blade comprit que ces ceintures étaient une espèce de système anti-gravité. Il était logique de penser que les Tharniens, qui avaient maîtrisé le magnétisme et l'influx magnétique savaient aussi contrôler la gravité.

Le neutre se laissa tomber dans le trou et commença à plonger lentement. Blade le suivit. La sensation n'était pas déplaisante, c'était un peu comme de descendre dans un ascenseur très lent. Côte à côte, ils flottèrent, plongeant de plus en plus profondément dans les ténèbres. Au bout d'un moment, Honcho déclara :

— Nous avons à faire un trajet de longs magkronos. Alors écoute-moi bien, Blade. Et obéis aveuglément.

Le neutre parla longuement, tandis que Blade écoutait et enregistrait.

Enfin ils atteignirent le fond du puits et se posèrent en souplesse. Ils se trouvaient dans une vaste caverne voûtée. Honcho ôta sa ceinture et prit celle de Blade ; il les cacha sous un rocher et ils s'engagèrent dans un étroit boyau où ils durent avancer en rampant. Juste avant qu'ils atteignent l'extrémité de ce boyau, Honcho dit encore :

— D'après ce que tu m'as raconté, Blade, je crois que tu trouveras la terre des Pethcines assez semblable à celle d'où tu prétends venir. Tu t'y sentiras peut-être chez toi. Ce sont des brutes et des barbares.

Blade ne répondit pas. Il sortit de la grotte et sentit son cœur battre. Il faisait nuit. Une nuit noire. Une rafale de vent le gifla et de la pluie crépita sur son armure. Il faisait froid, beaucoup plus froid qu'au sommet. C'était du climat, en effet, un climat réel qu'il pouvait comprendre. Il aspira à pleins poumons l'air humide et froid. Et puis Honcho le prit par le bras.

— Viens. Le temps presse.

Le neutre le précéda le long d'une étroite ravine rocheuse. Il avançait rapidement, connaissant probablement fort bien le chemin. Ils contournèrent un éperon et Blade vit la lueur d'un feu de camp.

Ils s'en approchèrent. Le feu était à l'entrée d'une autre grotte et un petit groupe d'hommes était assis autour. Honcho fit halte et retint Blade. Les hommes ne les avaient pas entendus, sans doute à cause de la tempête. Blade les examina. C'était induscitablement des hommes, de vrais hommes, d'un type que dans sa propre dimension il aurait appelé mongoloïde.

Ils étaient petits, trapus, vêtus de peaux de bêtes et d'armures de cuir grossières. Ils étaient tous armés de coutelas, ou de glaives courts, parfois des deux. Des lances étaient placées en faisceau près d'eux et certains portaient en bandoulière de petits arcs et des carquois. Ils parlaient avec animation, en dévorant des quartiers de viande, jetant de temps en temps un os à l'un des énormes chiens qui allaient et venaient autour d'eux.

Un de ces chiens dressa soudain les oreilles et gronda tout bas. Honcho serra le bras de Blade.

— Reste là jusqu'à ce que je t'appelle, souffla-t-il, puis il avança dans le cercle de lumière du feu.

Blade regarda, admirant malgré lui l'assurance de Honcho. Le neutre avait dit qu'il y aurait du danger et Blade le croyait, mais pourtant il ne semblait pas avoir peur. Il leva la main droite très haut et continua d'avancer. Quelques hommes bondirent, d'autres restèrent assis. L'un d'eux s'empara d'une lance. Un autre assujettit une flèche à son arc. Honcho leur adressa la parole en tharnien. Les hommes se détendirent un peu et l'écoutèrent.

— Je suis Lui, de Tharn, annonça le neutre. Vous le savez. Vous allez me conduire immédiatement auprès du roi Org. J'ai à lui parler. Et je lui amène un étranger, qui sera aussi l'hôte du roi, et que vous traiterez avec le même respect et la même considération que moi. C'est bien compris ?

Un des hommes, aux larges épaules et aux jambes arquées, fronça les sourcils et repoussa son bonnet de fourrure sur son front bas.

— Où est-il ? Cet étranger ?

Honcho se retourna et fit signe à Blade.

— Viens.

Blade avança dans la lumière vacillante du feu, dominant les petits hommes trapus, conscient qu'avec son corps musclé et son armure étincelante il devait être impressionnant. Blade s'arrêta et prit une pose hautaine. Honcho n'était pas le seul à être rusé, à savoir intriguer. Déjà Blade se demandait s'il pourrait se servir de ces Pethcines et comment.

Les hommes le regardèrent bouche bée, marmonnant entre eux dans une langue qu'il ne comprit pas. Il se tourna vers Honcho. Le neutre paraissait assez assuré mais Blade devinait qu'il était tendu et attendait quelque chose.

L'homme qui avait parlé à Honcho, le chef, tomba à genoux et porta son glaive à son front.

— Seigneur, dit-il en tharnien, nous obéissons.

Blade observait les yeux verts de Honcho. Il y vit de l'amusement et aussi un certain soulagement. Blade toucha l'épaule de l'homme.

— Lève-toi. Vous êtes mes amis. Ainsi en sera-t-il maintenant et pour toujours.

Un des molosses gémit tout bas et vint lécher la main de Blade. Il éprouva alors une enivrante sensation de puissance, qu'il n'avait encore jamais connue. Il jouait un rôle, mais en même temps il le vivait !

Honcho frappa dans ses mains.

— Emmène-nous auprès du roi Org.

Le chef de la bande alluma une torche au feu et les précéda. Les autres ne les suivirent pas.

Ils s'engagèrent dans une étroite ravine. Le vent couchait la flamme de la torche et la faisait grésiller, en projetant des ombres fumeuses sur la paroi rocheuse ruisselante de pluie. Honcho, marchant à côté de Blade, lui dit à voix basse :

— Tu as été parfait. Je reconnais que tu as de la prestance. Je commence à penser que tu ne m'as pas tout révélé sur le pays d'où tu viens. Etais-tu un roi, là-bas ?

— Je ne suis pas un roi, répliqua sèchement Blade.

Quittant la ravine, ils s'approchèrent de l'ouverture d'une vaste grotte. Avant de l'atteindre, Blade entendit le murmure de centaines de voix. La grotte scintillait à la lumière d'un millier de torches.

Le Pethcine qui les guidait abaissa la sienne et s'écarta. Il jeta un étrange coup d'œil à Honcho et il y avait comme un défi dans sa voix quand il annonça :

— Nous fêtons notre propre Sacer, comme tu le vois. Pas comme les AUTRES de Tharn, mais selon nos coutumes, que nous imposerons de nouveau à Urcit.

Le neutre hocha la tête et lui posa une main sur l'épaule.

— Il en sera ainsi. Va maintenant. Je te remercie. Quand vous viendrez tous à Urcit, je ne t'oublierai pas.

L'homme disparut dans la nuit. Blade contempla l'entrée flamboyante de la grotte, d'où jaillissaient les cris et le brouhaha d'une grande foule. Une foule avinée. Il se tourna vers Honcho.

— Soka ?

Le neutre sourit à peine.

— Ils l'appellent dema. Mais c'est la même chose, avec les mêmes effets. Je t'ai dit que ce sont des brutes, des porcs, et il y a du danger. Fais exactement ce que je t'ai dit. Viens, Mazda !

Et, de nouveau, le petit sourire ironique.

Ils pénétrèrent dans la vaste grotte. Pendant quelques instants ils ne furent pas remarqués et puis quelqu'un les aperçut et poussa un cri. La foule se tut, les têtes se tournèrent. Blade, regardant autour de lui, sentit son cœur battre plus fort. C'était un spectacle flamboyant et barbare.

La caverne était gigantesque, en forme d'amphithéâtre, entourée de myriades de torches. Les gradins de pierre grossiers étaient couverts de Pethcines dans tous les stades de l'ivresse et du désordre. La plupart regardaient Blade et Honcho mais certains se désintéressaient d'eux. Les couples qui forniquaient ici et là, à la vue de tous, n'accordèrent pas un regard aux nouveaux venus. Honcho donna un petit coup de coude à Blade.

— La pierre ! Vas-y tout droit et incline-toi. Ne touche pas à l'épée !

Blade acquiesça. Il n'avait pas oublié ses instructions. Il considéra l'énorme bloc de pierre ovale qui se dressait au centre. La pierre avait au moins quatre mètres de long et devait arriver à l'épaule de Blade. Il avança lentement, d'un pas assuré, les épaules rejetées en arrière, la tête haute. Il regardait autour de lui tout en marchant, avec une arrogance délibérée. Les Pethcines devaient comprendre l'arrogance.

Il marchait maintenant sur du sable. Son pied heurta quelque chose et, baissant les yeux, il vit que c'était une tête coupée. Il y en avait une autre un peu plus loin. Des gouttes de sang souillaient le sable. Il contourna un corps nu décapité et approcha de la pierre. Honcho avait été tout à fait explicite.

Blade s'arrêta à une extrémité de la pierre. Le silence était presque total. Au-delà, à une quinzaine de mètres, se dressait une sorte d'estrade avec un double trône où étaient assis un homme et une jeune femme. Le roi Org et sa fille Totha. Le regard de Blade glissa sur eux. Il contempla l'immense épée couchée sur la pierre.

Il avait déjà vu des épées semblables. Dans des musées. Elle ressemblait assez à une grande épée médiévale à double tranchant, à la pointe acérée. La longue poignée n'était qu'une masse d'or contourné, terni, et lourdement incrustée de pierres précieuses. Blade savait qu'elle devait être immensément lourde. Aucun Pethcine, avait dit Honcho, n'avait jamais pu la brandir d'une seule main.

Blade tomba à genoux devant la pierre. Il plaça son front contre le rebord froid et leva les mains en prenant soin de ne pas toucher l'épée.

Puis il se releva. Un monstrueux rugissement emplit la grotte. Blade ne savait si c'était une approbation ou un cri de mort. Il contourna la pierre et attendit comme le lui avait prescrit le neutre.

Honcho s'avança à son tour vers la pierre et se prosterna, puis il rejoignit Blade et ensemble ils s'approchèrent du trône. La foule hurlait toujours comme une assemblée de déments. Cependant, Honcho parla assez clairement pour que Blade l'entende malgré le tumulte.

— Je vais m'incliner devant Org et sa fille. Tu ne t'inclineras pas ! Mazda ne s'incline devant personne. Ne parle pas à moins qu'on t'adresse la parole. Sois fier, hautain, mais n'exagère pas. Prends modèle sur moi en toutes choses mais si quelque chose se présente que je n'ai pas prévu, tu devras improviser.

Ils s'arrêtèrent devant le trône. La foule hurlait toujours. Honcho mit un genou en terre.

— Org. Totha. Je vous amène celui dont j'ai parlé. Mazda. LUI QUI VIENT AUX AUTRES !

Le roi Org avait des yeux rouges, petits et porcins dans une figure grasse mangée de barbe. Des yeux rusés, aussi. Ils examinèrent longuement Blade, qui soutint froidement ce regard. Le rugissement de la foule décrut, devint un murmure semblable à celui du vent et quand Org parla les mots résonnèrent haut et clair.

— Tu le dis, Honcho. Je ne suis pas forcé de le croire. Je reconnais qu'il en a l'air. Mais as-tu une preuve ? A-t-*il* une preuve ?

Honcho inclina la tête, avec un léger sourire.

— Plus tard, Org, plus tard. Pas devant cette foule. Tu sais qu'ils l'accepteront si tu l'acceptes. Chaque chose en son temps. L'essentiel c'est que s'il *est* Mazda, LUI QUI VIENT AUX AUTRES, il n'est pas allé aux autres. Il est venu à nous ! Alors ce qui est écrit dans le Livre tharnien est faux. Il est notre Dieu, le Dieu des Pethcines, et pas celui des autres. Il te conduira à Urcit, où tu devrais régner en ce moment. C'est si facile, Org. Il te suffit de te laisser guider par moi.

Org était trapu et puissant, avec une énorme bedaine. Ses petits yeux se perdaient presque dans la graisse, mais ils observaient Honcho et Blade avec une attention glacée.

— Tu le dis, Honcho, répéta-t-il. Tu as peut-être raison. Je ne dis pas le contraire. Je ne dis même pas que, pour notre projet, il n'est pas Mazda.

Org se tourna soudain vers sa fille.

— Que dis-tu, Totha ?

Durant tout ce temps, Totha et Blade avaient livré un duel avec leurs yeux. Elle n'avait pas détaché de lui son regard, depuis qu'il s'était avancé vers le trône, et on ne pouvait se méprendre sur le message. Elle avait des yeux en amande légèrement bridés, presque noirs. Sa bouche était large, très rouge, ses dents d'un blanc éblouissant, son nez petit et droit, ses oreilles minuscules. Ses cheveux noirs lustrés formaient une haute couronne sur sa tête, retenue par de petits peignes d'or. Elle avait un teint de vieil ivoire, des seins pointus aux malelons bruns très longs. Elle ne portait qu'une très courte jupe de peau de bêtes et ses jambes étaient longues et fines.

Blade l'examinait avec impassibilité. L'impact des yeux de Totha était quelque chose de physique, ils rampaient sur sa chair comme des insectes qui l'excitaient au lieu de le répugner. Ils s'attardèrent un long moment sur son bas-ventre et elle entrouvrit des lèvres gourmandes. Jamais il n'avait vu de fille aussi ravissante ni aussi lubrique. Il détectait sa franchise brutale, ainsi que sa cruauté et son désir.

Totha se pencha vers son père et lui murmura quelques mots. Honcho, sans bouger la tête, sans desserrer les dents, souffla à Blade :

— Elle te veut. Je n'avais pas compté sur cela. Pas si tôt. Sois très prudent. Je ne peux pas t'aider. Mais ce n'est peut-être pas une mauvaise chose, après tout... si tu gagnes.

Gagner ? Blade ne comprit pas. Puis il devina. Il n'y avait pas de mystère. C'était aussi primitif, aussi élémentaire que le sexe. Ou la mort. Ou Totha.

Un jeune Pethcine se trouvait près du trône. Il paraissait plus grand que la moyenne et tout son corps était gonflé de muscles. Il avait regardé Blade avec hostilité et maintenant il se levait de son tabouret pour aller vers le trône et dire quelque chose à la fille. Elle le toisa froidement. Org claqua sa cuisse énorme et hurla de rire.

Totha repoussa le jeune homme. Il fronça les sourcils et lui saisit le bras en criant avec rage.

Totha crispa le poing et le frappa en pleine

figure. Puis elle prit un gobelet et lui lança le contenu au nez. Le Pethcine recula et regarda Blade avec fureur. Org rit de plus belle et se frappa le ventre avec le poing.

Totha se leva et s'approcha de Blade. Elle avait une démarche sinueuse qui lui rappela un très beau serpent. Ses seins nus tressautaient à chaque pas.

— Attention, avertit Honcho à mi-voix. Ne l'offense pas. Elle règne sur Org. Tout ce qu'elle demande, elle l'obtient. Nos têtes, si son caprice les veut. Sois très prudent.

Blade comprenait maintenant ce que Honcho avait voulu dire, en parlant du danger qu'il courait. Là, dans la Gorge, le neutre était dépouillé de ses pouvoirs techniques. Honcho, à ce moment, était aussi vulnérable que Blade lui-même.

La seconde suivante, il oublia Honcho.

Totha se dressait devant lui. Elle se haussa sur la pointe des pieds et le regarda dans les yeux, posa ses mains délicates sur ses épaules puissantes et les caressa. Elle laissa courir ses doigts le long de ses bras, sur sa poitrine, sur son ventre. Elle lui sourit.

— Je crois que tu es un dieu, dit-elle. Peut-être pas Mazda, mais un dieu tout de même. Je te veux. Totha te veut.

Elle se colla contre Blade. Elle écrasa sur sa poitrine ses seins fermes. Elle attira sa tête vers ses lèvres. Sa langue se darda dans sa bouche et, encore une fois, il songea à un ravissant serpent.

— Totha te veut, répéta-t-elle. Tu vas tuer

Gutar pour moi. Je suis lasse de lui, d'ailleurs.

Blade la serra contre lui. Elle avait la peau douce comme des pétales et sentait le sexe et la mort. Par-dessus son épaule, il vit le roi Org donner des ordres, des hommes apporter des armes. Il vit aussi Honcho. Les lèvres du neutre remuèrent à peine :

— Sois bien sûr de le tuer !

CHAPITRE VI

La foule des Pethcines, sentant le sang, abandonna sa beuverie et ses copulations publiques et se leva en hurlant :

— Gutar ! Gutar ! Gutar !

Honcho se tenait à l'écart, les bras croisés. Il ne parla plus à Blade. C'était l'événement imprévu et il ne pouvait rien pour lui. Blade n'en fut aucunement inquiet. Il avait confiance.

Totha l'embrassa encore une fois, se lova contre lui et regagna son trône, d'où elle lui sourit comme pour l'encourager. Le roi Org fit signe à Blade de s'approcher. Gutar était déjà devant le trône. Il jura et cracha aux pieds de Blade.

La perspective du combat réjouissait le roi Org. Il gratta sa barbe crêpue et considéra Blade.

— C'est bien. Cela va régler beaucoup de choses. Si tu es vraiment Mazda, tu vas tuer Gutar. Sinon, il te tuera certainement. Il est le champion des Pethcines et il a déjà tué trois hommes aujourd'hui.

Org désigna les têtes et les cadavres gisant sur le sable de l'arène.

— Ils ont défié Gutar, comme c'était leur

droit en cette fête du Sacer. Si l'un d'eux avait été vainqueur, il aurait eu droit à Totha. Tu l'as gagnée sans combattre, car elle te veut. Mais tu dois te battre pour la garder. Moi Org, roi des Pethcines, en ai décidé ainsi. Quelles armes choisis-tu, ô Mazda ?

Ce dernier mot s'était accompagné d'un petit clin d'œil.

Blade avait examiné les armes proposées. Il n'en voulait aucune. Il tira la rapière de son fourreau et fit siffler la lame.

— Je prendrai un bouclier, dit-il. Rien d'autre.

Tout en parlant, il regardait Honcho. Le neutre n'avait pas l'air heureux. Blade sourit. Les plans soigneusement ourdis de Honcho s'évanouiraient en fumée si lui-même était tué.

Gutar prit le sourire de Blade pour une marque de dédain. Il bondit sur lui en poussant un cri de rage, mais Blade s'effaça vivement et avança le pied au moment où le massif Pethcine passait près de lui. Gutar alla s'étaler lourdement sur le ventre. La horde se tut brusquement. Le roi Org parut songeur. Totha battit des mains. Honcho faillit sourire.

Org braqua un gros index sur Gutar, qui se relevait l'air assez penaud.

— Tu attendras, Gutar, que j'aie donné le signal. Sinon c'est moi qui te tuerai !

Gutar se retira pour conférer avec ses amis. Il s'était maintenant déshabillé. Il était entièrement nu. C'était ainsi que les Pethcines combattaient.

— Les boucliers ne sont pas autorisés en combat singulier, reprit Org. Tu dois combattre nu, avec tes seules armes. Tu tiens vraiment à utiliser ce bâton, cette chose ?

Org considérait avec mépris la fine rapière. Avant que Blade puisse répondre, Gutar hurla :

— Qu'on lui donne un bouclier ! Et moi je prendrai un arc !

Un de ses hommes lui tendit un arc court et un carquois contenant trois flèches. Blade devina qu'il y avait là une tradition. Org interrogea Blade.

— Tu es d'accord ?

Cela changeait les chances, d'autant que Gutar était également armé d'un lourd glaive court et d'un grand filet, mais Blade répliqua sans hésiter :

— Je le suis. Commençons. Avant que Gutar ait le temps de réfléchir et perde son courage.

Le grand Pethcine gronda de rage sous l'insulte, comme l'avait voulu Blade qui était confiant, mais pas exagérément. Il n'avait pas compté sur les flèches, et devrait les opposer avec des flèches psychologiques. Alors il toisa Gutar avec mépris et lui lança :

— Es-tu prêt, Gutar ? Ou veux-tu pleurer un peu d'abord ? Ou faire une prière ?

Cette fois, Gutar ne répondit pas. Il bondit au centre de l'arène et attendit, ramassé sur lui-même, à côté de la grande pierre. De la main gauche, il balançait son filet, dans la droite il tenait le glaive à large lame et l'arc et le carquois étaient accrochés en bandoulière contre ses puissantes épaules.

On lança un bouclier à Blade. Il était petit, à peine plus grand qu'une assiette, en cuir avec une pointe centrale de métal étincelant. Il eut aussitôt des craintes ; ce n'était pas l'idée qu'il se faisait d'un bouclier et il ne couvrirait guère son corps immense. Gutar allait avoir un avantage très net.

Maintenant Blade était nu, sauf pour le bouclier, sa rapière à la main. Il jeta un coup d'œil à Totha. Elle se penchait en avant, et ne le quittait pas des yeux mais ce n'était pas sa figure qu'elle regardait. Il vit sa petite langue pointue humecter ses lèvres rouges et pensa encore une fois à un serpent.

Blade fit face à Gutar. Il avait une certaine portée, avec sa rapière, ses bras étaient plus longs, mais il y avait ce filet qui risquait de l'enserrer dans ses mailles, lui ou son arme. Il commença à tourner autour de Gutar, lentement, en espérant que son adversaire se ruerait sur lui. A ce moment, il pourrait facilement en finir.

Gutar était trop malin pour cela. Maintenant que le combat était commencé, sa rage semblait s'être calmée. Blade comprenait qu'il avait devant lui un véritable combattant. Habile. De sang-froid. Déjà il devinait pourquoi Gutar était le champion de tous les Pethcines.

Gutar pivotait pour ne pas quitter Blade des yeux, tout en décrivant des moulinets scintillants avec son épée, mais sans chercher à se précipiter.

— Tue-le, Gutar ! Tue-le ! Tue ! Tue !

La foule, pensa amèrement Blade, était quelque peu partisane.

Gutar lança le filet. Il était adroit. Blade s'y

était attendu et pourtant il ne fut pas assez rapide pour l'éviter. Le filet retomba sur sa tête et ses épaules ; il n'était pas lourd, mais il ligotait son bras armé. Gutar se rua alors, sa large face camuse grimaçant de malice. Il ne levait pas sa courte épée, mais la tenait devant lui pour frapper de la pointe au ventre.

La rapière de Blade était prisonnière du filet. Il réagit sans réfléchir, lâcha le bouclier, fit prestement passer la rapière de sa main droite ligotée à sa main gauche. C'était dangereux. S'il la laissait tomber alors qu'il était toujours embarrassé du filet, ce serait la fin.

Blade ne manqua pas son coup. Il saisit sa rapière de la main gauche à temps pour parer le coup de Gutar et écarter la lame de son ventre nu. La pointe lui érafla l'intérieur de la cuisse. En même temps, Blade expédia un coup de tête dans la figure de Gutar et abattit son poing sur sa tempe. Le filet le gênait mais il avait mis suffisamment de force dans ce direct. Le Pethcine chancela, marmonna des jurons et tomba à quatre pattes.

Blade fit un bond en arrière tandis que Gutar, toujours à genoux, balançait son glaive d'un revers du poignet, visant les organes génitaux. Blade se débarrassa du filet et le jeta sur son adversaire, tout en récupérant d'un mouvement fluide son bouclier et en reprenant la rapière de la main droite. Puis il fit un bond de panthère pour tenter de prendre Gutar par derrière et de le frapper entre les omoplates.

Gutar roula sur lui-même, échappant au filet.

Pas un instant il n'avait lâché son épée. Il continua de rouler. Le coup de Blade le manqua. Le Pethcine se remit debout et sur la défensive, reculant lentement, la main gauche levée cherchant à tâtons ses flèches.

Blade repartit à l'attaque. Il feinta en tierce, contraignant Gutar à parer haut pour sauver ses yeux. Blade avança le pied, se pencha et se fendit en quarte avec une vivacité destinée à plonger la teksine dans le cœur de Gutar et à la faire ressortir dans le dos.

Par quelque miracle, la lourde lame du Pethcine était de nouveau en position pour parer la fente. Blade fronça les sourcils. Un miracle ? Non. Ce sauvage, ce barbare était aussi adroit avec son glaive grossier que Blade avec la rapière. En cet instant, Blade comprit que le combat devenait sérieux. Et il risquait de le perdre. Son pied heurta une des têtes qu'il repoussa sans la regarder. Blade n'avait jamais eu peur de rien, et il ne connaissait pas la peur en ce moment, mais il devint plus prudent. Il devait prévoir une stratégie, une campagne. Il devait faire appel non seulement à son adresse mais à son intelligence. Il savait qu'il ne pourrait épuiser Gutar physiquement. Blade était dans une forme magnifique, comme toujours, mais il se doutait que son adversaire devait l'être aussi.

Ni l'un ni l'autre ne transpirait encore. Gutar rompait toujours en souplesse, en essayant de dégager son arc de son épaule. Il serrait une flèche entre ses dents. Blade repartit furieusement à l'attaque. Gutar parvint à parer les coups mais il n'avait pu prendre son arc. Chaque fois qu'il tendait la main vers son épaule, Blade venait le menacer.

Il se mit à pousser Gutar vers la grande pierre où reposait le Glaive sacré. Gutar comprit immédiatement et tenta d'esquiver mais Blade ne l'entendait pas ainsi. La rapière dansait et sifflait, sa pointe mortelle scintillait et, enfin, Blade fit couler le sang. Il enfonça la lame dans l'épaule droite du Pethcine mais trop haut, ne déchirant que quelques muscles. Du sang jaillit. Gutar ricana et cracha sur Blade sans prendre garde à sa blessure. Mais il ne chercha plus à prendre son arc. Blade ne lui en laissa pas le temps.

Posément, inexorablement, Blade le repoussait vers la pierre. Quand il l'y aurait adossé, pensait-il, il lui donnerait le coup de grâce. Bientôt. Il commençait à transpirer et sa respiration devenait oppressée. Qui aurait imaginé que ce barbare pouvait être aussi adroit, aussi résistant ?

Gutar s'adossa à la pierre. Il essaya de glisser sur sa droite, et Blade le toucha. Il tenta de passer par la gauche, et Blade lui égratigna la poitrine. Blade entama alors une suite de feintes destinées à attirer la garde de Gutar de plus en plus haut. Maintenant que la fin était proche, il éprouvait un renouveau d'énergie et une cruauté dont il ne se serait pas cru capable. Il allait tuer Gutar avec plaisir.

La rapière jaillit pour l'hallali. Mais Gutar fut plus rapide. Il se courba, si bas que la lame pénétra son épaule gauche au lieu du cœur. Gutar ramassa une poignée de sable et la jeta à la figure de Blade. Il avait parfaitement visé. Blade, les deux yeux pleins de sable, brûlants et larmoyants, trébucha et faillit tomber à la renverse mais il reprit son équilibre et abaissa la rapière en garde, tout en se frottant fébrilement les yeux. Sa vision s'éclaircit, juste à temps pour voir Gutar se baisser à nouveau et lui jeter quelque chose. Encore du sable. Il fit un pas en arrière et porta une main à ses yeux pour les protéger. La ruse ne marcherait pas deux fois.

Gutar n'avait pas lancé de sable. La tête, empoignée par les cheveux et projetée avec toute la force du Pethcine frappa Blade en pleine figure comme un boulet de canon.

Il fut assommé. Il partit à reculons et ses pieds s'emmêlèrent dans le filet oublié. Il tomba lourdement sur le dos et la rapière lui échappa. Gutar, ruisselant de sang, leva son épée et se rua sur Blade en poussant un cri rauque. Il fut sur lui, abattant son bras avant que Blade puisse rouler sur lui-même et se mettre hors de danger.

Il vit la courte lame cruelle scintiller. Il para avec son minuscule bouclier et leva l'autre main pour saisir l'arc encore accroché sur l'épaule de Gutar. Il tira de toute sa force. La corde de l'arc se prit sous le menton du Pethcine, serrant son cou épais. Il se rejeta en arrière, pour chercher à retrouver son équilibre et frapper à nouveau mais Blade tira de plus belle. Gutar perdit pied et s'écroula sur Blade.

Ils étaient tous deux poisseux de sang. Blade se dégagea en partie, réussit à enfourcher à demi son adversaire, dans l'intention de l'écraser de son poids et de l'étrangler avec la corde de l'arc.

La corde cassa. Gutar, tout le corps comme huilé de sang, parvint à se dégager, roula sur le dos et leva son épée. Blade recula. Il y voyait à présent mais ne pouvait trouver sa rapière.

Gutar se releva. Blade rompait, à présent, sans oser quitter le Pethcine des yeux. Il ne trouverait pas sa rapière ! Son dos heurta la pierre. Gutar poussa un cri guttural féroce et se rua en avant.

La main de Blade glissa sur le rebord de l'autel de pierre. Ses doigts effleurèrent la poignée de la grande épée. Ils se refermèrent. Les muscles de l'épaule et du bras droits de Blade se gonflèrent quand il la souleva et l'abattit, scintillante comme une faux, sur son adversaire ricanant et trempé de sang.

L'immense épée siffla en décrivant un arc de cercle. Blade sentit le frémissement le long de la lame quand elle mordit le cou de Gutar.

La tête de Gutar fit un bond, parut planer un instant, retomba et roula dans le sable.

Pendant un long moment le corps sans tête du Pethcine continua d'affronter Blade, la courte épée dans la main encore levée. Une fontaine de sang jaillit du cou tandis que le corps restait immobile comme une statue grotesque. Enfin l'épée tomba, les genoux fléchirent et le corps trapu s'écroula en tas.

Blade posa la pointe de l'immense épée dans le sable et s'appuya sur la garde. Il n'eut pas immédiatement conscience du silence de mort qui était tombé sur l'arène ; l'air était aussi dépourvu de vie que le corps encore palpitant de Gutar. Blade mit un moment à comprendre. Il n'avait pas réfléchi. Il avait défendu sa vie. Puis la conscience lui revint. Il avait touché le Glaive sacré. Pire ! Il s'en était servi, il l'avait souillé pour tuer le champion de tous les Pethcines. Il était sûr qu'à présent on allait le mettre en pièces.

Totha se pencha vers son père. Org jeta un bref coup d'œil à Honcho et leva un doigt. Le neutre s'approcha du trône et ils chuchotèrent longuement. Blade attendit, reprenant haleine, le cœur battant encore à se rompre.

Le roi Org, Totha et Honcho avancèrent vers lui. Le silence persistait, comme si personne n'osait même respirer.

Ils étaient maintenant tout près. Honcho et Totha s'immobilisèrent et le roi Org s'approcha seul. Il tomba à genoux devant Blade. Il tendit la main vers l'épée ensanglantée, passa son doigt sur l'acier et se marqua le front de sang.

La voix d'Org emplit l'arène :

— Mazda ! LUI QUI VIENT AUX AUTRES ! Mazda ! Qui est venu à nous, les Pethcines ! Pour nous ramener vers Tharn et notre héritage ! Mazda ! Seigneur Mazda ! Nous t'accueillons. Nous t'acceptons. Nous t'obéissons. Donne-moi, Seigneur Mazda, un signe de ton amour !

Puis Org ajouta tout bas, pour Blade seul :

— Touche-moi l'épaule avec l'épée. Et puis Totha viendra. Fait de même pour elle. Et puis va avec elle, suis-la, vite ! Emporte l'épée.

Blade hocha la tête. Il allait donc se sortir de

là vivant ! Il souleva l'immense épée et appuya la pointe sanglante sur l'épaule du roi.

Puis Totha s'avança. Honcho ne bougea pas. La figure du neutre était impassible, ses yeux presque fermés, et il ne paraissait pas heureux.

Totha s'agenouilla devant Blade. Elle toucha l'épée et se marqua au front comme l'avait fait son père. D'une voix légère, mélodieuse qui portait loin elle déclara :

— Accepte aussi mon amour, Seigneur Mazda. Et donne-moi le tien.

Blade effleura l'épaule nue du plat de l'épée. Le sang de Gutar n'était pas encore coagulé et coula comme un serpent écarlate entre les seins nus. Elle se leva et tendit la main.

— Viens avec moi, souffla-t-elle. Ne dis rien. Emporte l'épée.

Elle conduisit Blade dans l'arène, sur le sang cramoisi, en le tenant fermement par la main. Il la sentait trembler et devinait son excitation.

Tous les Pethcines les suivirent des yeux quand ils passèrent derrière le trône et s'engagèrent dans un obscur passage. Deux soldats qui le gardaient s'écartèrent et tombèrent à genoux sur un ordre sec de Totha. Ils baissèrent la tête et ne regardèrent pas Blade.

Le passage était étroit, sinueux, éclairé par des torches fichées dans des anneaux scellés. Blade entendit derrière lui la voix d'Org s'adressant à la horde et puis un tonnerre subit, un rugissement qui avait l'air d'une approbation.

Totha le conduisit dans une petite chambre creusée à même le roc. Une seule torche fumait contre une des parois. Dans un coin il y avait une couche de peaux de bêtes. Une jarre d'eau, ses flancs luisant d'humidité, était accrochée à une cheville. Blade dégagea sa main de celle de Totha et voulut prendre la jarre. Elle le retint avec violence.

— J'ai soif, dit Blade. Et je voudrais laver et baigner ma blessure. As-tu quelque chose pour la panser ?

Totha tomba à genoux devant lui et pressa sa bouche sur la blessure de la cuisse.

— Je la panserai avec mes lèvres.

Blade s'appuya sur l'épée et la contempla. L'excitation de la fille commença à se communiquer à lui. Un léger frémissement monta le long de ses jambes tandis que la bouche de Totha le caressait. Il posa une main sur sa tête brillante et elle poussa un petit gémissement.

Sa bouche écarlate s'entrouvrit, elle renversa la tête en arrière et il vit briller ses dents sous le sang. Elle parla d'une voix tremblante, mais curieusement autoritaire :

— Nous sommes seuls. Quand nous sommes seuls, tu n'es pas Mazda mais tu restes mon Seigneur. Mais ne te méprends pas. C'est moi qui règne. Pas toi. C'est moi qui commande. Tu obéis. C'est moi qui désire. Tu donnes. Je te remercie d'avoir tué mon frère Gutar. J'étais très lasse de lui. Quand je serai lasse de toi, je te ferai abattre aussi, mais ce jour est encore loin. Obéis-moi, Seigneur, et soumets ton grand corps à mes désirs. Personne ne va venir. Personne n'ose déranger Totha en ce lieu.

Quand elle entama son culte phallique, les mains de Blade se crispèrent sur la poignée ornée de pierreries de la grande épée. Il ferma les yeux et laissa son corps se rendre, mais son esprit restait clair et actif.

Il avait pénétré très loin dans le labyrinthe, il avait encore bien du chemin à faire et il ne voyait aucune lueur devant lui. Cependant, il devait bien y en avoir une.

CHAPITRE VII

Blade resta deux jours dans la Gorge. Là, il pouvait connaître le passage du temps, il y avait des jours et des nuits, et même parfois un soleil rouge apparaissait mais en général il faisait un temps maussade et humide. Totha et lui, quand elle consentait à lui laisser quitter la couche d'amour, se promenaient sur de grands chevaux aux longs poils et Blade explora aussi loin qu'on le lui permit. C'était un pays sauvage, hérissé de montagnes noires et de formations rocheuses semblables à des démons, creusé de cruelles ravines. Il rappelait à Blade les gravures de Gustave Doré illustrant l'*Enfer* de Dante.

Et il y avait toujours l'immense falaise abrupte de la Gorge se dressant à perte de vue dans les nuages.

A présent, Totha le chevauchait dans la chambre creusée dans le roc et grognait comme le petit animal qu'elle était. Blade était encore capable de la satisfaire physiquement — il était fort doué pour cela et d'une endurance stupéfiante — mais l'excitation l'avait abandonné depuis longtemps.

On se lasse même des plaisirs les plus aigus. Il prenait soin de ne pas le laisser voir. Il savait que Totha, à sa façon, était beaucoup plus dangereuse qu'Org et Honcho réunis.

Totha se reposa un moment, allongée sur lui, écrasant ses seins contre sa large poitrine. Ses petites dents pointues tiraillèrent sa barbe qui poussait superbement. Elle aimait bavarder dans cette position, la chair de Blade en elle, parler en accompagnant son discours de petits mouvements onduleux. Elle pouvait faire cela pendant des heures.

En général Totha s'exprimait d'une voix forte et avec autorité. Aujourd'hui, elle chuchotait.

— Quand nous aurons pris Tharn et tué Honcho, j'aurai une autre chose à t'ordonner.

Blade n'ouvrit pas les yeux.

— Oui, Totha ?

Elle se trémoussa pendant un moment. Puis :

— Tu devras tuer Org pour moi. Pour nous. Il n'y aura pas de place pour trois sur le trône de Tharn.

Blade entrouvrit un œil. Sa servitude sexuelle commençait à lui peser et il ne choisit pas ses mots avec autant de soin qu'à l'ordinaire.

— Trois, Totha ? Deux ? Tu veux dire une, n'est-ce pas ? Toi ! Seulement toi, Totha. Mais il y a un petit détail qui m'intrigue. Qui vas-tu trouver pour me tuer ?

A ce moment, elle se lança dans une de ses innombrables convulsions. Elle se redressa, grimaçante, les lèvres retroussées sur les dents, les yeux fous.

— Je ne sais pas... Mais je trouverai un moyen !

Plus tard, lorsque Totha elle-même daigna se reposer, elle s'allongea à côté de lui sur les fourrures et joua avec sa barbe. Depuis longtemps, ils avaient abandonné la comédie de Mazda quand ils étaient entre eux. Blade, Org, Totha et Honcho avaient tenu de nombreuses conférences et leur accord était parfait, chacun faisant une réserve et se promettant de tuer les trois autres au moment choisi. Blade savait qu'Org était maintenant jaloux de Totha, sexuellement jaloux. Les Pethcines ignoraient ce qu'était l'inceste ; au début, Org avait offert sa fille en cadeau, par un geste d'hospitalité, ou peut-être de politique, mais maintenant il était jaloux, furieux, de mauvaise humeur.

— Je ne te ferai peut-être pas tuer, après tout, dit soudain Totha. Je n'ai jamais éprouvé ce sentiment pour un homme. Ni Org, ni Gutar, ni aucun des grands guerriers de la tribu ne m'ont fait éprouver les sensations que tu me procures. Et je ne trouverai pas un homme capable de me satisfaire à Tharn. Les Seigneurhommes sont des avortons, petits et maladifs. Je les ferai tous mettre à mort, immédiatement. Non, Blade, je te laisserai peut-être vivre. Qui resterait-il ?

Elle rit et lui caressa le torse.

— Qui, en effet ? dit-il, puis il ajouta sournoisement : Il y aura toujours Honcho.

Totha fut prise de fou rire.

— Honcho ? Cette chose ? Ha-ha ! C'est vraiment une chose qui n'a pas de truc !

Sur ce, elle empoigna la virilité de Blade, comme pour se rassurer.

— Il est rusé, murmura-t-elle, et il a de grands pouvoirs, je le sais, mais pour une femme il est inutilisable.

Blade la considéra. Elle avait laissé échapper une réflexion, plus tôt, et il y revint. C'était peut-être un moyen de tenir le neutre, à l'avenir. Dans un avenir immédiat, car bientôt Blade devait retourner à Tharn, puis aller à Urcit.

— Pourtant, tu m'as dit que Honcho prend parfois une fille, quand il vient dans la Gorge. Pourquoi ?

Totha, qui avait l'esprit très aigu quand elle n'était pas absorbée par le sexe, plissa les yeux et lui tirailla la barbe.

— Pourquoi ? Je te pose la même question. Pourquoi t'en soucies-tu ? Je m'occuperai de Honcho le moment venu. Org s'en occupera. Quelle importance ?

— Cela a de l'importance, répondit Blade, parce que c'est peut-être une faiblesse et Honcho n'a pas beaucoup de faiblesses. Ici dans la Gorge peut-être, mais pas à Tharn. Il sera moins facile à tuer que tu le penses. Mais si Honcho, cette chose, comme tu dis, s'intéresse aux filles, alors c'est une faiblesse et je dois la connaître. Alors dis-moi. Que fait-il avec une fille ? C'est important.

Assez important, pensait-il, pour me sauver la vie et me permettre de le vaincre. Le sexe, par une ironie du sort, pouvait être son talon d'Achille. Une faiblesse qui pourrait être utilisée pour le détruire. Finalement, voyant qu'il parlait sérieusement, Totha s'exécuta. Elle lui raconta tout. Dans les termes les plus descriptifs et les plus concrets.

Honcho était dévoré d'une insatiable curiosité pour les choses du sexe. Ce que les Tharniens appelaient le coi. Il prenait une jeune Pethcine, la déshabillait, l'examinait, la caressait, lui posait d'innombrables questions. Quel effet faisait le coi ? Combien de fois le pratiquaient-ils ? Que faisaient-ils ?

Une fois, et Totha eut du mal à réprimer son fou rire, le neutre avait apporté un phallus artificiel, en teksine naturellement, et l'avait plongé dans la fille pour observer ses réactions. Et il avait fait d'étranges marques avec un bâton sur un morceau d'écorce plate ; c'était ainsi que Totha décrivait le stylet et l'ardoise.

Blade l'écouta avec une curieuse pitié, et fut de plus en plus certain qu'il avait découvert le défaut de la cuirasse de Honcho. Une erreur avait été commise quelque part, Honcho avait été fabriqué avec un cerveau, un esprit homide, ou humain, dans un corps de neutre.

Mais il chassa la pitié. Il savait ce qui devait être fait. Il chuchota, tirant Totha contre lui, sur lui, pour lui parler à l'oreille.

Elle ouvrit de grands yeux et se redressa.

— Moi ? Avec cette chose ? Jamais ! Il ne peut rien faire !

Blade était patient. Il n'essaya pas d'expliquer que c'était justement là l'intérêt. Il dit simplement :

— Cela pourrait marcher. Je suis sûr que ça

marchera. Honcho ne pourra pas te résister. Il n'a jamais essayé encore avec toi, parce que tu es princesse...

— Je suis reine !

— Reine, et que tu es la fille d'Org, et d'ailleurs il n'a aucune confiance en vous deux. Il se sert de vous parce qu'il le doit, tout comme vous vous servez de lui et que vous vous servez tous de moi...

Le désir de Totha s'était réveillé. Elle l'enfourcha. Blade était prêt mais il protesta :

— Attends ! Ecoute-moi.

— Tu parles comme Honcho, grogna-t-elle, boudeuse. Trop de paroles. Des paroles qui sont comme le vent dans les grottes, qui tourne en rond et ne va nulle part. C'est *ça* que je veux. C'est *ça* que j'aurai !

Elle l'eut. Ensuite, Blade reprit :

— Maintenant veux-tu m'écouter ?

— Je veux bien écouter mais je ne promets rien. Je suis Totha et je ne fais rien de ce que je ne désire pas.

Blade colla sa bouche à son oreille et murmura longuement. Enfin, elle accepta. A contrecœur, du moins le prétendait-elle, mais il vit bien que l'idée commençait à la séduire. Dans un sens, elle était aussi curieuse que Honcho.

Lorsque Blade et Honcho retournèrent à la Tour de la Gorge, ils emportèrent la grande épée. Org n'avait pas voulu se séparer du Glaive sacré, mais le neutre l'avait persuadé :

— Quand nous aurons pris Tharn et vaincu

les AUTRES, alors l'épée pourra reprendre la place qui lui revient dans le Palais. Réfléchis, Org ! La place du Glaive sacré n'est pas dans la Gorge. Elle est à Tharn.

Org le reconnut.

Tandis que Honcho et Blade s'élevaient lentement dans le puits de la Tour, le neutre demanda :

— Cette épée t'intrigue, n'est-ce pas ? Tu es curieux ?

Blade portait l'arme immense accrochée à son épaule. Il l'avait nettoyée et polie de son mieux.

— Je suis curieux.

Honcho s'exprimait maintenant dans un tharnien plus pur, plus distingué que celui qu'il employait dans la Gorge.

— L'épée est presque aussi vieille que Tharn. Elle a beaucoup, beaucoup de megakronos. Ce fut le seul grand trésor que les Tharniens purent emporter quand ils furent vaincus et rejetés dans la Gorge.

Blade avait lu l'histoire de cette grande lutte. Les femmes de Tharn s'étaient révoltées, elles avaient vaincu les hommes et les avaient bannis à jamais de Tharn, ne conservant que quelques prisonniers pour la reproduction. Les hommes, vivant comme des sauvages au fond de la Gorge, avaient peu à peu évolué pour former une nouvelle race, les barbares Pethcines. Mais la mémoire raciale ne peut mourir, et toujours l'espoir demeurait qu'un jour le Glaive, et les Pethcines, retourneraient régner sur Tharn.

— C'est pourquoi Org t'a permis de l'emporter, dit Honcho comme ils allaient émerger du puits. Quand tu iras à Urcit, l'épée ira avec toi, au Palais, et l'épée est le symbole !

Honcho confia Blade à un peloton de soldats céboïdes et allait partir quand Blade lui dit :

— J'aurais une faveur à te demander, Honcho.

Le neutre le regarda, impassible.

— J'aimerais revoir Zulekia. La jeune Maiduke. Dans mes appartements; Est-ce possible ?

Les yeux verts se plissèrent, mais une ombre de sourire effleura les lèvres minces.

— Tu n'as pas eu assez de coi ? Je l'aurais pensé, Blade. Ou peut-être Totha ne te convenait pas ? J'aurais du mal à le croire.

Blade ne dit rien. Honcho hocha la tête.

— Très bien. Mais ce devra être bref. Nous avons très peu de temps, à présent. Nous sommes restés trop longtemps dans la Gorge. Vois-la, et dès que tu auras fini je t'enverrai à Urcit. Va. J'enverrai les céboïdes te chercher quand j'aurai besoin de toi.

Dans ses appartements, Blade se baigna sous les jets parfumés et changea de vêtements. Puis il attendit en admirant les diamants, les rubis, les saphirs et les perles ornant la poignée d'or de la grande épée.

Les céboïdes arrivèrent et firent entrer Zulekia. Blade sentit tout de suite qu'il y avait quelque chose de changé, chez la jeune Maiduke. Il ne savait pas très bien ce que c'était, elle était vêtue de la même façon, ses longs cheveux roux étaient toujours aussi magnifiques, ses yeux de gentiane aussi grands, mais la différence était là, subtile.

Les céboïdes les laissèrent et Blade sut que le

magvoile était de nouveau en place. Sans aucun doute Honcho devait les observer sur les espiécrans. Blade s'en moquait. Son cœur battit étrangement quand Zulekia s'approcha de lui, sans un sourire comme d'habitude, son ravissant visage impassible. Et puis, juste avant qu'elle l'atteigne, son regard changea. Elle cligna rapidement des yeux comme pour lui faire un signal, l'avertir, et quelque chose vacilla dans les profondeurs violettes. Une supplication ? Une mise en garde ? Elle le regarda fixement avant de venir se nicher dans ses bras.

— Fais-moi le baiser, dit-elle. Cela me plaît. Je n'ai pas oublié. Fais-moi le baiser.

Blade fit le baiser. Elle se pressa contre lui, sa bouche, douce et tiède glissa de ses lèvres et vint lui caresser l'oreille, tandis qu'elle se collait plus encore à lui. Elle souffla les mots plus qu'elle ne les murmura, et ce fut comme un lointain écho.

— Quand tu me feras coi tu devras me toucher très profondément, là ! Très profondément.

Blade attendit, un frisson lui courant dans le dos. Zulekia avait pris délibérément un risque. Elle savait aussi bien que Blade, sinon mieux, à quel point les espiécrans étaient sensibles. Cependant, elle avait tenté sa chance. Pourquoi ? Et, ce qui était plus important, ne leur arriverait-il rien ?

Rien. Blade respira. Et maintenant les yeux de Zulekia l'avertissaient de nouveau. Plus de risques. Il avait compris. Du moins il le pensait. Il devait la toucher profondément, là ! Il croyait comprendre, et pourtant...

Zulekia lui prit la main et l'entraîna vers le lit. Blade, qui s'était cru épuisé, drainé par les constantes exigences de Totha, découvrit qu'il était déchaîné comme un étalon. Arrivée au lit elle se retourna et lui fit face.

— Fais-moi encore le baiser, Seigneur.

Ils s'embrassèrent longuement, jusqu'à ce qu'elle frémisse contre lui tandis qu'il explorait son corps.

— Je crois que je comprends vraiment le baiser, maintenant, dit-elle enfin.

— Tant mieux, répondit Blade qui commençait à mieux se comprendre lui-même, et puis il s'entendit demander : Comprends-tu l'amour, Zulekia ?

Les grands yeux s'arrondirent.

— L'amour ? Ce n'est pas un mot tharnien. Non, je ne le comprends pas.

— Un jour, peut-être, cela viendra, murmura-t-il.

Il essaya de l'attirer sur le lit avec lui mais elle résista.

— Honcho, le neutre, celui qui est Lui, m'a dit que tu as parlé en ma faveur. Que tu voudrais me sauver. Que mon châtiment ne sera pas celui qui a été décrété. Je te suis reconnaissante, mon Seigneur. Je te rends esclavommage.

— Ce n'est pas le moment de parler de ça, gronda-t-il. Viens. Je l'ordonne !

Blade se mit à caresser, à explorer le corps de Zulekia, en se rappelant ses paroles, pénétrant profondément dans le saint des saints humide et chaud. Ses doigts rencontrèrent un petit objet dur, cylindrique, et alors il comprit. Mais comment le masquer aux espiécrans ?

Zulekia avait pris un grand risque. Il devait en faire autant. Il jeta sur elle la grande masse de son corps, la couvrant totalement. Maintenant il serrait le minuscule cylindre dans son poing. En sécurité pour le moment.

Il ne pouvait se retenir plus longtemps. Il la pénétra d'un grand coup de reins. Et puis...

Et puis plus rien. Il sentit sa chair fondre entre ses bras. Il enlaçait un fantôme, une brume, une image de gaze de Zulekia qui était un néant parfait et ravissant. SIMLU !

Le rire de Honcho emplit la chambre.

— J'ai tenu ma promesse, Blade. J'ai accepté de te laisser voir la fille. Je n'ai rien promis de plus.

Blade fit un effort pour maîtriser sa colère. Il frémissait, de la sueur perlait à son front, coulait sur sa poitrine. Il ne se connaissait que trop. S'il lâchait la bride à sa rage il devenait comme fou.

Honcho rit encore.

— Pour un Seigneur, Blade, pour Mazda, tu n'as guère de dignité. Le coi a-t-il donc tellement d'importance ?

Blade remporta son combat contre lui-même. Il serrait le petit cylindre dans son poing. Honcho ne l'avait pas vu, pour une fois les espiécrans n'avaient rien révélé. Il se sentit mieux. Il avait gagné, lui, pas le neutre.

— J'envoie les céboïdes te chercher, reprit Honcho. Tout de suite. Tu vas partir immédiatement pour Urcit.

CHAPITRE VIII

Ainsi Richard Blade alla à Urcit. Pas avec son corps, la première fois, mais en esprit, en intelligence pure. Si vastes étaient les pouvoirs de Honcho qu'il avait perfectionné un nouveau système de téléportation que même les AUTRES ne comprenaient et n'utilisaient pas.

Le grand corps musclé de Blade était allongé tout habillé sur une plaque ronde surélevée, dans le principal laboratoire du neutre. Il semblait dormir paisiblement, la grande épée à son côté, sous un léger voile de teksine.

Après avoir fait partir l'esprit de Blade, Honcho resta seul avec le corps. Il avait renvoyé les céboïdes et les neutres mineurs. A tout instant, il s'approchait de la plaque et contemplait Blade. Personne ne pouvait le voir et les yeux verts reflétaient des pensées que Blade aurait comprises. L'envie, la peur, la haine, la jalousie... l'admiration, même. Tout était là. L'envie primait les autres.

A un moment donné Honcho monta sur la plaque, s'apprêta à fouiller les vêtements, puis il haussa les épaules et y renonça. Le petit cylindre resta bien caché dans une poche que Blade avait ménagée dans un repli de sa toge.

L'esprit de Blade errait dans Urcit, voyait et comprenait, enregistrait et assimilait tout.

Les tours d'Urcit dressaient leurs pointes dans le ciel laiteux, l'éternel crépuscule. Blade comprenait maintenant ce ciel. Il était contrôlé de manière que le mani, cette unique plante qui servait à tout fabriquer, pût croître et prospérer au mieux.

Urcit était située dans une vaste plaine. Il y avait de larges avenues et des places gracieuses ornées de fontaines d'où jaillissaient, à la place de l'eau, des couleurs et de la musique. Blade n'avait jamais entendu pareille musique ; elle était partout et nulle part ; elle ne gênait pas mais elle était toujours là, sensuelle et gaie, réjouissant l'esprit comme une puissante drogue.

Urcit était propre. Nulle part on ne voyait d'ordures. Et cependant personne ne semblait travailler. Il y avait des céboïdes dans les rues, et des neutres allant et venant à leurs affaires mais on ne pouvait discerner aucun propos délibéré.

Ce fut ainsi qu'il put enfin voir les AUTRES, et plus jamais il n'y pensa ainsi. Richard Blade n'avait jamais été intimidé par de belles femmes !

Honcho lui avait dit qu'il y en avait moins de mille.

Blade les observa, se promenant dans les rues, assises dans les parcs ou sur les places, toutes grandes, toutes ravissantes, avec un port de reine.

Il y avait des brunes et des blondes, des rousses et des châtains, et elles avaient la peau dorée ou cuivrée. Elles étaient toutes vêtues de la même façon de pectoraux et de mini-toges soulignant la parfaite harmonie de leur corps ; seules les couleurs changeaient.

Un agréable parfum montait des rues immaculées et calmes. Une odeur de femmes.

Blade était fasciné et ne laissait rien échapper, tout en ne perdant pas de temps. Les kronos s'écoulaient et bientôt le Sacer commencerait, un Sacer tout à fait différent de celui des Pethcines, avait dit Honcho. Le temps pressait, maintenant. Le neutre avait attendu jusqu'au dernier microkronos et Blade savait pourquoi. Pour minimiser les risques.

Blade s'aperçut que toutes les femmes se dirigeaient maintenant vers un immense bâtiment svelte dressé au centre de la ville. Le Palais. C'était là qu'avait lieu le Sacer et que les vingt Seigneurhommes étaient sacrifiés.

Il avait déjà remarqué, en visitant Urcit, que l'on retrouvait partout le symbole phallique ; sur toutes les places, dans les jardins, le long des promenades on voyait des répliques de l'organe viril montées sur des socles. Il y en avait dans les vitrines des boutiques. Les femmes portaient le symbole en pendentif ou en breloque. Les gargouilles des tours étaient des phallus dressés.

Sur tous les socles, à la base de chaque image était gravée la lettre M. Mazda. Le symbole, l'incarnation de la puissance mâle.

Le Palais se trouvait au milieu d'une vaste

place carrée. Devant l'entrée principale se dressait un immense phallus de plus de trente mètres de haut, sculpté dans de la teksine transparente. Il était flanqué de deux statues de femmes en longues robes souples, parfaitement identiques. Des jumelles. Astar et Isma. Les reines jumelles de Tharn. Astar, la Reine-Déesse et Isma la Grande-Prêtresse. Astar tenait un sceptre phallique, Isma un rouleau de parchemin. La Parole.

Blade entra dans le Palais. Les femmes suivaient des rampes descendant vers une arène centrale couverte d'un sable rose pâle et illuminée par les lumières flottantes nébuleuses. Il n'y avait pas de fils, pas de câbles, pas d'installation. Blade comprenait maintenant que le courant était transmis d'une source centrale au moyen de rayons laser invisibles, que les Tharniens avaient découvert un moyen de puiser dans les champs magnétiques l'énergie nécessaire. Il existait un Bassin d'Energie, et une partie de la mission de Blade consistait à le découvrir et à le rendre inutilisable. Alors les grands magvoiles ne marcheraient plus, les Tempêtes rouges ne pourraient être déclenchées et les Pethcines envahiraient le pays et le détruiraient.

Si Blade le voulait bien.

L'arène était maintenant pleine de femmes. Calmes, elles attendaient sans impatience, en parlant à voix basse. L'odeur de cette assemblée féminine était d'une rare sensualité. Blade examina les deux trônes placés au centre même de l'arène. Soudain la musique omniprésente se modifia. Il y eut comme un signal de trompettes, au son étouffé. Astar et Isma entrèrent dans l'arène en se tenant par la main. Elles portaient des pectoraux dorés et des mini-tuniques de pourpre. Un groupe de Maidukes les suivaient en chantant. Beaucoup d'entre elles ressemblaient à Zulekia. Blade, planant en esprit, observa que les sceaux des ceintures de chasteté étaient intacts. De sages Maidukes, qui n'avaient pas commis le coi, qui n'étaient pas karno. Ou peut-être étaient-elles plus adroites que Zulekia ?

Astar et Isma s'arrêtèrent au milieu de l'arène. Elles s'embrassèrent, puis chacune s'installa sur son trône.

Blade observait Astar, la Reine-Déesse et vit avec étonnement qu'elle regardait dans le vague, droit devant elle, les yeux mi-clos. Elle était silencieuse, distante, indifférente.

Ce fut Isma, la Grande-Prêtresse, qui leva les bras et frappa dans ses mains. La musique changea, les trompettes sonnèrent. D'une voix haute et claire, mais autoritaire, Isma cria :

— Que le Sacer de Tharn commence ! Que l'on amène les Seigneurhommes !

Le silence tomba sur la vaste arène. Les trompettes se turent. Une immense porte glissa sans bruit et les Seigneurhommes s'avancèrent au pas, en colonne par deux. Blade comprit pourquoi Tharn agonisait, comme l'avait dit Honcho, pourquoi le neutre avait choisi ce moment pour renverser le pouvoir. Les Seigneurhommes n'étaient que des caricatures d'hommes, des avortons, maigres, maladifs, certains laids et difformes, tous minuscules. La race masculine de Tharn s'était affaiblie, appauvrie, et c'était là tout ce qu'il en restait.

Une musique de marche, à présent. Les Seigneurhommes firent le tour de l'arène en colonne, levant leur épée en passant devant les trônes. Ils étaient assez élégamment vêtus d'une armure de couleur et d'une tunique, et coiffés d'un casque, tous armés d'une courte épée acérée et d'un bouclier carré. Un souvenir passa dans l'esprit de Blade. Les jeux des gladiateurs, à Rome.

La musique se tut. Les Seigneurhommes se formèrent en double rangée devant les trônes. Isma battit des mains.

Un vieillard se matérialisa entre les deux trônes. Blade comprit qu'il voyait un simlu et son esprit éprouva une crainte fugace, qu'il chassa vite. Honcho avait avoué qu'il ne pouvait pas, en personne et sans autorisation, pénétrer les magvoiles entourant Urcit. Il pouvait envoyer son simlu, oui, mais un simlu était inoffensif. Et les espiécrans de Honcho ne marchaient pas à Urcit. Pendant un moment au moins, Blade n'avait rien à craindre.

Il vit que le vieillard était aussi un neutre. Mais celui-ci devait être très vieux. Il avait les cheveux gris et la figure parcheminée. Il était richement vêtu.

Le neutre était maintenant pleinement matérialisé. Il se prosterna devant Astar et Isma. Blade remarqua encore une fois que la Reine-Déesse ne réagissait pas. Elle resta immobile, regardant droit devant elle. Ce fut la Grande-Prêtresse qui parla :

— Salut à toi, Sutha, Roi des Neutres. Tu connais ta mission. Accomplis-la.

Sutha s'inclina encore une fois puis il fit face aux rangs des Seigneurhommes. Il se mit à passer devant eux comme pour une inspection. Blade comprit qu'une décision devait être prise. Pourtant elle ne devait pas être très grave car le vieux neutre souriait un peu ironiquement. Blade regarda les trônes. Astar ne semblait rien voir mais Isma se penchait en avant, l'air amusé.

Sutha désigna le plus grand et le plus fort des Seigneurhommes et l'amena au centre de l'arène. L'homme se dépouilla de son armure, de ses vêtements et de ses armes et les jeta à ses pieds. Il était maintenant tout nu. Blade fut amusé mais ne put réprimer un sentiment de pitié. Le Seigneurhomme n'était qu'un gringalet mais il avait très certainement une érection. Maintenant Sutha plaçait les autres Seigneurhommes en position, un ici, un autre là, un peu comme des pièces sur un échiquier. Tous se déshabillèrent dès qu'ils furent en place.

Blade vit alors, et entendit. Les femmes ! Elles avaient cessé de rire et de bavarder entre elles, et pourtant le silence ne régnait pas. Il lui fallut un moment pour comprendre. C'était le son des respirations. Rien que cela. De leur respiration oppressée, surexcitée. Aucune femme ne quitta sa place mais elles étaient toutes tendues, prêtes, une flèche sur un arc bandé, un ressort tendu. Et Blade les *sentait*. Ce n'était plus leur parfum, l'odeur des corps soignés, mais le relent musqué de la lubricité.

Blade devinait déjà la suite. Cela se passait une fois par an et si ça pouvait paraître comique, c'était sûrement extrêmement sérieux pour les femmes. Et, se dit-il avec amusement, dangereux pour les Seigneurhommes. Il ne pensait pas qu'ils devaient vivre bien longtemps, mais même cette brève existence risquait d'être écourtée.

Le vieux neutre avait fini. Il leva une main vers Isma. Astar continuait de se désintéresser des événements. Isma, à son tour, fit un signe à un trompette neutre qui se tenait à côté d'elle. Il porta son instrument à ses lèvres.

Toutes les femmes se levèrent.

Nouveau coup de trompette.

L'arène fut emplie du léger frou-frou soyeux des vêtements qui glissaient au sol. L'effet, le son, l'odeur étaient incroyables. L'arène n'était plus qu'une vaste masse de chair féminine sans voiles, de muscles crispés, de visages tendus. Elles attendaient. Haletantes.

Un dernier coup de trompette.

Les femmes se ruèrent dans l'arène comme un raz de marée. Les dents brillaient sauvagement dans de ravissants visages grimaçants ; des seins de toute taille tressautaient et dansaient et s'écrasaient tandis que les femmes se bousculaient et luttaient entre elles.

La horde s'abattit sur les Seigneurhommes, les enveloppa, chacune se battant follement à coups de griffes et de pieds pour s'emparer d'un homme. Déjà du sang coulait de longues égratignures. Le Seigneurhomme placé au centre, le premier qu'avait choisi Sutha, s'affala sous une masse grouillante de jambes, de bras et de postérieurs dorés.

Il était impossible de tout observer à la fois aussi Blade se contenta-t-il de regarder la scène centrale. La lutte fut chaude mais assez brève. Une grande rousse, bien musclée et à la poitrine arrogante, enfourchait le Seigneurhomme et repoussait toutes les autres femmes. Dès qu'elle eut revendiqué sa proie, les autres reculèrent. A ce moment, c'était déjà trop tard pour elles, car tous les Seigneurhommes avaient été conquis de cette façon.

La trompette.

La bataille était terminée. Les perdantes regagnèrent leur place et se rhabillèrent en marmonnant, maussades mais obéissantes.

Blade n'avait encore jamais assisté à un viol collectif, et jamais il ne se serait douté que ce serait comique mais, pour lui, ce l'était.

Certaines femmes criaient, d'autres glapissaient comme des diablesses, d'autres riaient follement, certaines serraient les dents et se trémoussaient en silence. Toutes avaient placé l'homme dans la position inférieure de soumission et le montaient d'une manière ou d'une autre, parfois brutalement, en giflant et frappant leur partenaire pour provoquer une docilité qui pourtant ne faisait pas de doute.

Un grand silence planait sur les gradins tandis que les femmes observaient leurs sœurs plus heureuses. Isma, le menton dans la main, ouvrait de grands yeux et ne perdait rien du spectacle. Astar était toujours aussi absente. Sutha, le vieux neutre, semblait s'ennuyer. Blade se dit qu'il avait dû assister bien souvent à cette bacchanale.

Tout prit fin assez brusquement. Presque toutes les femmes parurent terminer en même temps. Une retardataire, une blonde sinueuse, fut enfin tancée par Sutha et se dépêcha d'en finir, dans une grande suite de trémoussements extasiés. Les femmes quittèrent l'arène et les Seigneurhommes se rhabillèrent et reprirent leurs armes.

Isma se leva et frappa encore une fois dans ses mains.

— Que l'on prépare la flamme sacrée.

Des céboïdes apportèrent une grande plate-forme de teksine sur laquelle flambait un petit brasier. Sutha jeta sur les flammes un peu de poudre et une soudaine fumée jaune et rouge monta dans l'arène. Sutha leva ses bras maigres.

— Que le massacre sacré commence ! proclama-t-il.

La musique s'accéléra, furieuse et martiale, évoquant à elle seule le fracas des armes entrechoquées.

Les femmes regardèrent en silence le combat des Seigneurhommes. Blade dut reconnaître qu'en dépit de leur petite taille, et de leur état, certains se battaient fort vaillamment et avec adresse. Comme ils étaient tous de force égale, il fallut un moment avant que les combattants soient réduits à deux. Des têtes roulaient, du sang jaillissait d'affreuses blessures. Dès qu'un homme tombait, les céboïdes se précipitaient pour traîner le cadavre hors de l'arène et répandre du sable propre sur le sang.

Tandis que les deux derniers Seigneurhommes épuisés haletaient et se tailladaient mutuellement, tous deux prêts à s'écrouler, Blade comprit que son heure était venue. Il savait ce qu'il devait faire. Il avait l'intention d'obéir aux ordres de Honcho, au début du moins. Plus tard, il verrait. Il n'était pas encore libre. Le danger le guettait à tout instant. Il n'était même pas sûr que Honcho tiendrait parole, serait fidèle au plan.

Un cri étouffé, et l'avant-dernier Seigneurhomme mourut. L'épée de son adversaire lui avait tranché la gorge et il s'écroulait dans une mare de sang. Le survivant lui coupa la tête, puis il retourna le cadavre et d'un coup d'épée fit sauter les organes génitaux. Il les ramassa, se prosterna devant Astar et Isma, et alla les jeter dans le brasier.

Isma leva la main et contempla le vainqueur ensanglanté.

— Tu es vivant, dit-elle. Tu seras le Gardien de la Cage pour le kronoseg qui vient. Tu as gagné le droit de prendre les Maidukes que tu choisiras. Moi, Isma, Grande-Prêtresse de Tharn, le proclame. Comme il est écrit dans la Parole, j'ordonne...

C'était le moment. Honcho suivait le plan. Blade sentit son corps se reformer, sentit ses muscles et sa chair, ses vêtements et son armure et le poids de l'immense épée dans sa main droite. Honcho avait tenu parole et expédié le corps de Blade de la Tour de la Gorge. Cela signifiait, du moins Blade l'espérait, que le neutre avait encore confiance en lui. Il revivait ! Et pour un moment, il serait hors de la portée de Honcho car, à présent, le neutre ne pouvait rien contre lui.

Le silence se fit dans l'immense arène. Blade s'était matérialisé près des trônes. Isma le contemplait, bouche bée. Le Seigneurhomme aussi. Sutha croisa les bras sur sa poitrine étroite et ses yeux verts se plissèrent. Il était le seul à ne pas paraître stupéfait.

Blade brandit la grande épée. Honcho avait assuré qu'elle serait reconnue pour ce qu'elle était. Il avait méticuleusement fait la leçon à Blade.

Il brandit de nouveau l'épée, rejeta sa tête en arrière et clama d'une voix forte :

— Tu n'ordonnes pas, Isma ! C'est moi qui ordonne ! Je suis Mazda et je suis enfin venu comme il était écrit. Je suis Mazda ! A qui tous doivent obéir !

Un murmure craintif courut dans l'assemblée des femmes. Certaines tombèrent à genoux, d'autres restèrent pétrifiées, les plus hardies se penchèrent pour mieux voir la resplendissante apparition.

Astar, la Reine-Déesse, n'eut pas un regard pour Blade. Elle restait impassible, les yeux vagues.

Isma se leva et tendit les deux mains.

— Si tu es vraiment Mazda, alors tu dois accomplir la prophétie.

C'était ce qui déplaisait le plus à Blade, dans

sa mission. Cependant, il devait s'y résoudre. Il devait jouer le rôle jusqu'au bout.

Il fit tournoyer l'épée et se tourna vers le seul survivant des Seigneurhommes.

— Défends-toi ! lui cria-t-il.

L'homme se mit à trembler, terrifié par cet étrange géant barbu à l'épée gigantesque. Il recula et jeta un regard éperdu vers Isma. Blade avança.

— Défends-toi ! répéta-t-il.

Il n'avait aucune envie de tuer ce malheureux avorton, mais il le devait. Sa propre vie était en jeu.

Un instant, on put croire que l'homme rassemblait son courage. Il leva son épée. Puis il la jeta à terre et tomba à genoux en suppliant :

— Je... Je ne peux pas combattre Mazda. Je rends esclavommage ! Je demande la vie sauve. Je renonce à tout, et te supplie de me laisser la vie. Je...

Blade agit rapidement, de peur de ne pas en être capable s'il hésitait. La grande épée siffla. La tête sauta et roula dans le sable. Un grand souffle passa dans l'arène, tandis qu'un millier de femmes soupiraient en même temps.

Le pire était à venir, mais il était impossible de l'éviter. Blade se pencha sur le cadavre et trancha les organes génitaux. Il les porta à la plateforme et les jeta dans le brasier. Puis il leva l'épée sanglante.

— Je suis Mazda ! répéta-t-il. Je viens, comme il est écrit, pour sauver Tharn. Je veux m'entretenir avec toi en particulier, Isma, Grande-Prêtresse de Tharn. Immédiatement. J'ai des choses importantes à te révéler. Va !

Isma s'était levée. Sa beauté coupa le souffle de Blade qui la voyait enfin de près. Elle avait des yeux sombres comme la nuit et elle le considérait entre ses cils. Il vit dans son regard une ombre de doute et comprit qu'elle ne le croyait pas. C'était elle qu'il devait séduire et convaincre. Astar ne comptait pas, il en était déjà certain. Isma inclina la tête et fit un signe au vieux neutre.

— Tu es le Seigneur Mazda, dit-elle avec un soupçon de moquerie dans la voix. Tu seras obéi en toutes choses. Va avec Sutha, Seigneur. Il veillera à tes besoins. Je te rejoindrai bientôt.

Blade, l'épée à la main, sortit de l'arène aussi majestueusement qu'il le put. Il entendit s'élever derrière lui une immense clameur. Les cris hystériques de mille femmes qui venaient d'apercevoir la terre promise.

CHAPITRE IX

Tout en suivant le vieux neutre dans un couloir plongeant dans les entrailles du Palais, Blade tâtait les plis de sa tunique. Il avait eu tout juste le temps de confectionner une poche de fortune pour le minuscule cylindre retiré du corps de Zulekia. Une inscription y était gravée en relief, qu'il n'avait pas encore eu le temps de lire.

Sutha tourna dans un corridor transversal et franchit une porte en arc donnant dans une vaste salle brillamment illuminée où plusieurs dizaines de neutres portant une espèce d'uniforme travaillaient à des bureaux. Certains employaient des machines en teksine, d'autres des ardoises et des stylets.

Ils passèrent dans une pièce plus petite, où un vieux neutre leva les yeux, salua Sutha et dévisagea Blade, puis dans une salle circulaire voûtée avec une grande table au centre et des lits bas sur une partie du pourtour. Le fond de la salle était fermé par une espèce d'écran ou de paravent couvert de cadrans et de manettes, avec une porte étroite par laquelle provenait un sourd bourdonnement monotone que Blade reconnut. Il l'avait entendu dans la Tour de Londres... le bourdonnement de centaines d'ordinateurs en marche.

Sutha s'inclina et désigna un des lits.

— Si tu veux te reposer, Seigneur. Je pense qu'il serait bon que nous causions, avant que tu parles à Isma. Elle le désire.

Blade avait arraché un pan de sa tunique et s'en servait pour essuyer le sang de l'épée. Sutha l'observa attentivement.

— Tu es allé dans la Gorge, mon Seigneur ? C'est le Glaive sacré des Pethcines ?

Blade jeta le chiffon ensanglanté.

— Oui, Sutha. J'ai tué un homme pour cette épée. Gutar, le champion des Pethcines. Il a failli me tuer. Mais peut-être le sais-tu déjà ?

— Non, Seigneur. Je l'ai soupçonné. Nous ne savons pas grand-chose de ce qui se passe dans la Gorge, je l'avoue. Il y a eu des difficultés.

Blade sentit que c'était un instant capital. Le vieux neutre l'examinait de ses yeux verts. Blade passa à l'attaque.

— Pourquoi dois-je te parler ? Qui es-tu ? Je suis Mazda et je ne parlerai qu'à Isma, ou Astar. Immédiatement ! Où sont-elles ?

Sutha joignit les mains et les contempla pendant un long moment. Les doigts décharnés tremblaient mais Blade attribua cela à l'âge, non à la peur.

— Tu dois reconnaître, Seigneur, dit enfin le vieillard, que cette situation est tout à fait insolite. Tu surgis de nulle part — ce qui n'a rien de miraculeux car nous employons la téléportation depuis longtemps — et tu annonces que tu es Mazda. Cela, c'est un miracle car je sais que Mazda n'existe pas. Isma le sait aussi. Et, j'ose le dire, quelques autres personnes douées de réflexion. Mais nous n'encourageons pas la réflexion. Cependant, là n'est pas la question. Parlons franchement, toi et moi. Je ne menace pas, Seigneur. Je ne promets pas. Mais je suis Sutha et je représente Isma. Elle nous écoute en ce moment. Qui es-tu, Seigneur ? D'où viens-tu ? Comment es-tu arrivé à Tharn ? Et comment t'es-tu procuré l'épée des Pethcines ?

Blade réfléchissait fébrilement. Il y avait des choses qu'il comprenait, mais bien plus lui échappaient. Il devait répondre. Il se pencha vers Sutha.

— Ce lieu, cette salle. Est-il secret ? Absolument secret ? Il n'y a pas d'espiécrans que l'on puisse voir ailleurs qu'à Urcit ?

Sutha eut un sourire énigmatique. Il secoua la tête.

— Dans le Canto 13, du Provo de la Gorge du Nord ? Nous sommes seuls ici. A part Isma. Vas-tu parler maintenant ? Et me dire la vérité ?

— Oui, assura Blade. Rien que la vérité.

Il raconta à Sutha tout ce qui lui était arrivé depuis le jour où, à Londres, Lord Leighton avait abaissé le levier de l'ordinateur. Sutha l'écouta sans l'interrompre une seule fois. Isma, qui écoutait dans un recoin du Palais, n'envoya pas non plus sa voix dans la salle.

Quand Blade se tut, Sutha se caressa le menton d'un air songeur mais ne parut pas autrement étonné.

— Nos savants, nos astronomes et nos physiciens soupçonnent depuis longtemps qu'il y a une forme de vie intelligente dans l'univers. Pas seulement à Tharn. Mais tous les efforts de communication ont échoué et finalement nous nous sommes désintéressés. Nous avons nos propres problèmes. Toute notre économie est fondée sur un seul produit. Le mani. Pour en produire assez pour tous nos besoins, nous avons dû contrôler le climat, et le ciel, et nous séparer ainsi du reste de l'univers. Mais nous savons qu'il existe, Seigneur, nous le savons !

Et Sutha sourit.

— J'en suis la preuve vivante, répondit Blade.

— Dans un sens, tu *es* Mazda ! LUI QUI VIENT AUX AUTRES. Nous t'accepterons comme tel, Richard Blade. Je t'appellerai ainsi, entre nous. Et si nous savons, toi, moi et Isma, que tu n'es pas un dieu, il se pourrait bien que tu aies été envoyé pour sauver Tharn. Maintenant, parlons sérieusement. Tu découvriras que nous sommes, ici, à Urcit, et contrairement à d'autres régions de Tharn, un peuple éminemment pratique.

Blade posa la question qui l'avait tourmenté.

— Tu parles uniquement d'Isma. Et Astar ? Dans les livres que j'ai lus...

Sutha leva une main.

— Oui. Tu as le droit de savoir. Notre religion est basée sur la dualité et en tant que Mazda tu devras avoir des rapports avec toutes deux. Astar représente le pouvoir, Isma la mort. C'est écrit, et cela doit être ainsi, car toutes les structures du pouvoir ont besoin d'une religion. Mais à Tharn, Isma doit porter tout le fardeau. Astar est une enfant. Son cerveau ne s'est jamais développé. Elle est capable de paraître, de jouer son rôle, mais c'est tout. Revenons-en à ce neutre du Provo du Nord. Honcho, je crois ?

— C'est par ce nom que je le connais.

— Il suffit. Je vais te montrer une image. Tu me diras si c'est un portrait de ce neutre Honcho.

Sutha abaissa une des nombreuses manettes du mur du fond. Une image apparut aussitôt sur l'écran. C'était Honcho, les bras croisés, les yeux verts contemplant la salle. Sous l'image il y avait une inscription dans une cartouche. *Honcho. Kronos 4006. Etage 1. Decantage 14. Destruction Kronos 800.*

Dessous, en caractères tharniens, une main avait écrit : *14e Niveau ?... Enquêter.*

Sutha regarda Blade.

— Est-ce ce neutre ?

— Oui.

Sutha releva la manette et l'image se dissipa.

— Il y a quelque temps que nous soupçonnons Honcho. Nous n'avons jamais pu avoir de certitude. Il est très habile et a toujours su dissimuler sa véritable intelligence, qui est bien supérieure au quatorzième niveau. Nous savons qu'il y a eu un manqué dans le groupe 4006 mais nous n'avons jamais pu le découvrir. Maintenant nous savons de qui il s'agit.

— Il a une grande faiblesse, dit Blade. La

sexualité. Ce que vous appelez le coi. Je t'ai parlé de Totha. Il est possible qu'elle détruise Honcho pour nous. J'ai essayé de l'organiser ainsi.

Sutha secoua la tête.

— Ce ne serait pas bon. Nous préférons que Honcho reste en vie, et qu'il conduise les Pethcines à Tharn. Nous projetons de les détruire une fois pour toutes, à jamais. Mais nous ne pourrons le faire que si nous les attirons hors de la Gorge. Nos pouvoirs sont inopérants là-bas. J'espère que cette femme, cette Totha, échouera. C'est probable, d'ailleurs. Honcho est bien trop intelligent pour être détruit par une femme.

Blade ne dit rien. Connaissant Totha, il en était moins sûr. Et puis ce vieux Sutha n'avait pas vu le tourment dans les yeux de Honcho, lorsqu'il parlait de sexe. De coi. C'était un domaine, pensait-il, où il en savait plus long que les Tharniens. Quant à Sutha, un neutre, il était incapable de comprendre. Mais Sutha détruisit ses illusions :

— Moi aussi, je suis un manqué. Quelque chose a mal marché au cours de mon conditionnement et de mon décantage et j'ai reçu une intelligence bien supérieure à ma condition. Je suis presque homide, comme doit l'être Honcho. Je comprends la torture qu'est le coi pour une personne incapable de le pratiquer. J'ai pitié de ce Honcho. Malgré tout, il doit être détruit, une fois qu'il aura conduit les Pethcines dans le piège que nous leur tendrons.

Blade fut saisi d'un respect craintif. Le vieux neutre semblait avoir deviné ses pensées.

Isma les interrompit alors. Sa voix emplit la salle.

— Tu as assez parlé, Sutha. Je veux voir Mazda, Blade, tout de suite. Envoie-le moi. Dans la Chambre sacrée. Personne ne doit le savoir, bien sûr. S'il doit être Mazda, il faut respecter la prophétie à la lettre.

Sutha secoua la tête et leva une main. Isma pouvait donc les voir ? Blade avait été sur le point de montrer le petit cylindre qu'il avait pris dans le corps de Zulekia. Maintenant il s'en défendit.

— Avec tout le respect que je te dois, Isma, dit Sutha, je préfère te le déconseiller. Ce serait une violation de la Parole. Ni toi ni Astar ne devez le voir avant la Cérémonie du Rapt. Tharn est en péril, Isma. Je te rends humblement esclavommage, comme le doit un neutre, mais je te demande, Grande-Prêtresse, d'avoir confiance en moi pour cela. Attends !

Silence. Puis Isma prononça un mot que Blade ne comprit pas, mais le ton était assez explicite. De nouveau le silence, et puis il sentit comme un vide dans la pièce. Sutha haussa les épaules.

— Elle n'écoute plus. Elle est en colère contre moi, et contre toi. Peu importe. Elle est simplement impatiente de connaître enfin un homme véritable et qui peut le lui reprocher ? Mais nous avons des affaires plus importantes pour le moment, du moins pour les neutres et les prétendus Mazdas.

Le sourire de Sutha était franc. Il semblait dire que Blade et lui étaient maintenant associés.

Blade tira de sa tunique le petit cylindre et il fut évident que Sutha le reconnaissait. Il tendit la main.

— Comment as-tu cela, Blade ? Il y a donc quelque chose que tu ne m'as pas révélé ?

Blade lui donna le cylindre. Il était vrai qu'il avait omis Zulekia, dans son récit. L'idée lui vint que c'était un vestige de son autre vie, un reste de discrétion, et que cela pouvait être fatal à Tharn. Il parla donc à Sutha de ses rapports avec la jeune Maiduke. Sutha l'écouta, tout en examinant le cylindre à la loupe. Finalement, il sourit à Blade.

— J'ai envoyé Zulekia au Provo de la Gorge du Nord. Dans le territoire de Honcho. Comme espionne. J'ignorais tout de toi, naturellement. Et que tu confirmerais mes soupçons à l'égard de Honcho. Je n'avais rien reçu d'elle. Je suis soulagé de savoir qu'elle est encore en vie. Et plus encore de voir qu'elle confirme tout ce que tu m'as dit sur toi-même et sur tes relations avec Honcho. J'en suis très heureux. Maintenant viens.

Sutha se leva et Blade le suivit par l'étroite porte de l'écran. Ils pénétrèrent dans une longue salle qui semblait s'étendre à perte de vue. Elle était déserte et pleine d'ordinateurs bourdonnants. Ils étaient en teksine, il y en avait de toutes tailles et leur bruit était aussi menaçant que celui d'un essaim d'abeilles géantes. Sutha embrassa la salle d'un geste.

— C'est le centre de contrôle de Tharn. Tous les ordres, les directives, les codes physiques et moraux, les règlements et les décisions, tout ce qui concerne le gouvernement de Tharn émane d'ici. Je ne dis pas que l'***énergie*** vienne d'ici. Viens, je vais te montrer sa source.

Ils quittèrent le dédale d'ordinateurs et descendirent par un large escalier qui semblait interminable, mais finalement ils aboutirent à une petite galerie fermée par une grande double porte, surmontée du symbole du phallus.

— En tant que Mazda, expliqua Sutha, il est bon que l'on te montre immédiatement le Bassin d'Energie. C'est toi qui l'as donné, et c'est à toi que nous devons le rendre. C'est la source de toutes choses et je sais qu'Isma et toi l'emploierez sagement.

Ils s'arrêtèrent. Sutha étendit la main. Les battants immenses s'ouvrirent lentement. Ils avancèrent dans la pénombre d'une salle voûtée, emplie de symboles phalliques. Au centre, il y avait un bassin circulaire et à côté un long autel, si bas que l'on pouvait voir ce que contenait le sarcophage ouvert posé dessus.

Elle semblait dormir. Elle était nue, sauf pour un fin bandeau de teksine dorée recouvrant le pubis. Ses longs cheveux cachaient en partie ses seins fermes. Elle avait les yeux fermés et ses lèvres écarlates esquissaient un léger sourire. Ses traits étaient ceux d'Astar et d'Isma. Elle avait la peau dorée, et des jambes si longues, si fuselées, si rondes et fermes qu'il ne semblait pas possible qu'elle fût morte.

— La première Reine-Déesse, dit Sutha. Astar Première. Elle est morte depuis plusieurs millions de kronos. Cependant, elle vit. Elle vivra tant que Tharn vivra. Et Tharn vivra aussi longtemps qu'elle.

Blade recula pour laisser le vieux neutre se prosterner devant le sarcophage. Malgré son cynisme, son scepticisme, sa vive intelligence, Sutha, l'être sans sexe, adorait, aimait ce cadavre. C'était étrange et un peu effrayant.

Sutha se releva et fit signe à Blade.

— Viens là. Je vais te montrer le Bassin d'Energie. Ici nous pouvons parler librement. C'est le seul lieu de Tharn. Ici, dans le Saint des Saints il n'y a pas d'autres yeux, par d'autres oreilles que les nôtres.

— Et qui est admis en ce lieu ?

— Trois personnes. Avant ton arrivée. Astar, Isma et moi. Et toi, à présent. Tu vois ? Je remets le sort de Tharn entre tes mains. Comme le veut Honcho.

Ils s'arrêtèrent au bord du petit bassin. La surface de l'eau était unie comme un miroir, morte, stagnante comme si rien ne l'avait troublée depuis des siècles. Blade se pencha sur les profondeurs cristallines.

— Que vois-tu, Blade ? demanda Sutha.

Il voyait, tout au fond du bassin, à une profondeur qu'il ne pouvait estimer, un petit coffret cubique scintillant. Aucune palpitation, aucune lueur n'indiquait la redoutable force que contenait le coffret.

— Voici le Bassin, reprit Sutha comme s'il entonnait une litanie. C'est le Bassin et c'est la Source de toutes choses. Et dans ce petit coffret, il y a l'Energie.

Une sorte d'énergie nucléaire, pensa Blade qui n'était pas un savant. La version tharnienne de l'exploitation de l'atome. Mais cela ne devait pas suffire... Encore une fois, Sutha devina sa pensée.

— C'est l'Energie, mais en soi elle ne fait pas le travail de Tharn. Nous employons l'Energie pour disloquer et maîtriser les champs magnétiques. Comprends-tu ces choses, Blade ?

— Pas tellement, grogna-t-il. Je suis un guerrier. Un homme d'armes. Que pourrais-je en connaître ?

Sutha observait attentivement Blade. Blade sourit.

— Que se passerait-il si l'eau était troublée ? Touchée ?

— Je ne saurais le dire. En des millions de kronos elle ne l'a jamais été. Je ne puis te dire que ce qui est écrit. Ce qui est dans le Livre. Si l'Energie est souillée, elle détruira d'abord celui qui l'a souillée, puis elle mourra. L'Energie n'existera plus ! Et à ce moment Tharn n'existerait plus.

Blade resta plongé dans ses réflexions, contemplant le fond du bassin.

— Rusé Honcho, murmura-t-il enfin. Si je lui avais obéi, je me serais tué et j'aurais causé la mort de Tharn.

— Précisément. Et Honcho aurait pu conduire ses Pethcines ici et nous anéantir tous.

Blade releva la tête et considéra le vieux neutre.

— Je pourrais encore le faire.

— Certainement, Blade. Je suis faible et bien

vieux. Les neutres ne peuvent se battre. Je ne pourrais t'en empêcher. Ici nul ne peut nous entendre et personne ne viendrait à mon secours. Mais cherches-tu la mort, Blade ? Es-tu prêt à servir Honcho jusque-là ?

Blade jura.

— J'aurai grand plaisir à tuer Honcho quand le moment sera venu. J'espère que ce sera bientôt.

— Oui. Le plus tôt sera le mieux. Mais nous devons établir soigneusement nos plans. Tu devras suivre à la lettre, à part la destruction de l'Energie, celui que Honcho a tracé pour toi. Mais nous en parlerons plus tard, quand Isma sera avec nous. Elle devra être au courant. Viens, maintenant. Je dois te conduire à tes appartements. Isma s'impatiente et il y a fort à faire. Tu dois te préparer pour la Cérémonie du Rapt.

En quittant la Salle sacrée, Blade regarda encore une fois la dépouille d'Astar Première. Il savait que c'était impossible et cependant son sourire semblait avoir changé, paraissait plus moqueur.

Puis il oublia Astar Première en écoutant Sutha lui expliquer la Cérémonie du Rapt, et ce qu'il devait faire. Il fut atterré.

CHAPITRE X

Les femmes étaient assemblées. Le Peuple, comme les appelait Sutha. Elles s'agitaient, tendaient le cou, bavardaient et emplissaient le vaste amphithéâtre de leurs effluves, de leurs rires et surtout de leur attente. Le bruit avait couru que Mazda était venu. Que Tharn serait sauvé. Arraché à sa lente agonie. Le Dieu était venu et de ses reins surgirait un nouveau Tharn.

Richard Blade avait été baigné et parfumé par un groupe de Maidukes surveillées par un neutre. Elles pépiaient sans arrêt dans un patois tharnien que Blade comprenait mal, mais le peu qu'il saisissait suffisait à lui faire perdre contenance. Et elles le regardaient ! Comme elles regardaient ! L'une d'elles, plus hardie, alla même jusqu'à avancer une main pour caresser son membre, aussitôt réprimandée par le neutre. Blade fut heureux quand elles partirent.

Il ne devait pas emporter sa grande épée dans l'arène. A regret, il la confia à un neutre appelé Xeno. Il était jeune, sorti du décantage depuis seize kronos seulement, et plutôt grand et solide pour un neutre. C'était le valet personnel de Blade et il était empli d'une crainte respectueuse.

Blade ne portait qu'un pagne violet. Il était sans armes. Il arpenta un moment sa chambre somptueuse, pressé de voir arriver Sutha et d'être conduit dans l'arène. Il était hanté par Honcho, avec son cerveau manqué, trop habile et pas si neutre que cela. Sûrement Honcho devait avoir plus d'une corde à son arc. Et Totha ? Et Org ? Rien ne pouvait être accompli avant la fin de la cérémonie, mais Blade s'impatientait. Il avait hâte de passer à l'action.

Sutha arriva et fit passer Blade par un souterrain débouchant dans l'arène. Xeno, chancelant sous le poids de l'épée, les suivit.

Blade posa une question qui l'avait tourmenté.

— Quelle est la part de la comédie, dans cette cérémonie, la part du réel ? Astar et Isma seront armées et je ne le suis pas. Vont-elles vraiment chercher à me tuer ?

— Oui. Vraiment. Elles le doivent, Blade. Si elles y parviennent, alors c'est une fausse prophétie et tu n'es pas Mazda. Toi, à ton tour, tu tenteras de les tuer. Mais symboliquement ! Et tu as une arme... Ton phallus. Mais je t'ai averti. Tu dois les désarmer et les violer chacune à leur tour. Ainsi tu consommeras l'union avec la déesse double et vous deviendrez tous UN. Tharn.

Ils arrivèrent devant une grille. Sutha fit un signe à Xeno et le jeune neutre recula et se prosterna. Sutha attira Blade dans un coin et serra son bras musclé.

— Il ne faudra pas échouer, Blade. Je ne le pense pas, mais si tu ne les pénétrais pas, je ne pourrais rien pour toi. Isma ordonnera aux soldats céboïdes de te tuer. Et ils le feront, même si tu dois en abattre plusieurs. Mais ce n'est pas cela qui m'inquiète. C'est Isma. Elle a un secret. Je la connais. Et ce secret doit être dangereux. Je ne sais s'il te concerne toi, ou Astar, ou moi-même. Mais tiens-toi sur tes gardes. Isma est Grande-Prêtresse, une femme entre les femmes, et pas un microkronos tu ne dois pas t'y fier. Va, Blade. J'invoque la fortune pour toi.

Blade entra dans l'arène.

Il n'y eut pas d'acclamations. Le brouhaha se tut et le Peuple assemblé, les AUTRES, contempla avidement Blade dans le silence subit.

Il se dressait de toute sa haute taille, ses jambes puissantes plantées dans le sable comme des colonnes. Son épaisse barbe noire avait été lavée et peignée, et elle luisait dans le doux éclairage des globes évanescents.

Blade avait les épaules larges, le torse massif, les hanches étroites et le ventre dur et plat. Comme le lui avait conseillé Sutha, il leva les bras au-dessus de sa tête et pivota lentement, en examinant les femmes avec arrogance. Même si Sutha ne lui avait pas donné d'instructions méticuleuses, il était bien trop grand comédien pour ne pas se pavaner.

Les murmures reprirent, les soupirs des femmes de Tharn. Les neutres étaient apathiques, les céboïdes curieux.

Blade sourit. Il planta ses poings sur ses hanches et se mit à rire, d'un grand rire triomphant, ses dents blanches étincelant dans la barbe noire. Quelques femmes rirent aussi, nerveusement.

Blade se dirigea enfin vers la cage de teksine transparente au centre de l'arène. Elle était cubique, ses parois dures et lisses. A l'intérieur Astar et Isma étaient allongées sur deux lits bas, entièrement nues. A côté de chaque couche il y avait un bouclier et une épée effilée à la poignée en forme de phallus. Quand Blade approcha Isma se souleva sur un coude et l'examina. Astar ne bougea pas. Seul le léger soulèvement de ses seins indiquait qu'elle vivait.

Quelques marches permettaient d'entrer dans la cage. A côté de cet escalier un brasier flambait sur une plaque de teksine, surveillé par un neutre de haut rang. Comme Blade approchait, il jeta une poignée de poudre sur le feu et une bouffée de fumée rouge et jaune s'éleva en tourbillonnant.

Blade contempla du coin de l'œil les flammes. Il savait pourquoi ce brasier était là, ce qu'il attendait. S'il échouait, s'il n'était pas suffisamment homme, Isma — ou Astar — trancherait sa virilité et la jetterait aux flammes gourmandes.

La musique commença. Elle s'insinua dans l'arène, imperceptiblement, lente et sinueuse, devenant à chaque note plus sensuelle. Blade s'arrêta au pied des marches.

A travers la teksine, son regard croisa celui d'Isma, s'y accrocha. Quelque chose scintilla dans ces profondeurs d'obsidienne et la bouche cramoisie s'entrouvrit sur des dents parfaites.

Elle se tordit sur sa couche, dardant vers Blade ses seins pointus. Ses lèvres remuèrent. Viens. Viens pour le coi... ou pour la mort.

Astar ne bougeait pas, son regard restait vague. Se battrait-elle ? Le pourrait-elle, attardée comme elle l'était ? Son corps, révélé dans ses moindres détails, était aussi adorable que celui d'Isma. Leurs seins, leurs visages étaient identiques. Seule changeait la couleur de la toison pubienne, d'un noir de jais et frisée chez Isma, d'un blond doré chez Astar.

Un grand phallus portant la lettre M se dressait au-dessus de la porte de la cage. Blade se prosterna puis il bondit sur les marches, poussa la porte et entra. La foule silencieuse attendait avidement.

Isma se dressa d'un bond en prenant son épée et son bouclier. Tout son corps pulpeux et doré luisait et l'on voyait jouer ses muscles sous la peau. Blade se rappela alors que le Peuple avait jadis été formé de grandes guerrières, sous Astar Ire.

Isma lança un ordre à Astar.

— Bats-toi, Astar ! Debout et bats-toi ! Tue celui qui prétend être Mazda !

La bouche d'Isma était mince, furieuse, impérieuse. Elle bondit sur Blade, l'épée en avant. Il recula vivement. Isma ne le suivit pas. Elle s'écarta tout en criant à sa sœur :

— Bats-toi, Astar ! Défends-toi !

Blade comprit alors que Sutha avait raison. Quelque chose n'allait pas. Isma méditait quelque malice. Il la guetta, prêt, crispé, tandis qu'Astar se levait lentement. Elle ramassa l'arme et le bouclier et avança lentement vers Blade. Ses yeux étaient fixes, vides, et elle ne semblait pas le voir. En un éclair, il devina. Astar était droguée !

Cela faciliterait les choses. Il attendit, concentrant son attention sur le corps d'Astar, se sentant réagir à l'atmosphère d'excitation sexuelle qui emplissait l'arène comme une chose palpable. Du coin de l'œil, cependant, il guettait Isma qui le contournait pour passer derrière lui. Manifestement, elle voulait qu'il prenne Astar d'abord. Pourquoi ? Et pourquoi la droguer ? C'était sûrement Isma. Sutha se trompait peut-être, et Astar n'était pas attardée. Isma la droguait peut-être depuis longtemps...

Soudain Astar parut s'animer. Elle vit Blade, comme pour le première fois, et ses yeux flamboyèrent. Elle bondit sur lui en hurlant :

— Tue, tue ! Je suis Astar. Je suis vierge. Je ne serai pas prise ! Je te tuerai...

Elle brandit l'épée. Blade se baissa sous la lame, et avança pour saisir Astar par la taille. D'un revers de main il lui fit lâcher l'épée. Il arracha le bouclier de son autre bras et le lança derrière lui. Elle se débattit en vain quand il la souleva et la porta à la couche. Isma s'approcha, derrière Blade. Il s'aperçut soudain qu'il n'y avait aucun bruit dans la cage, à part celui de leur respiration. Elle était insonorisée. Il jeta un coup d'œil à travers la teksine et vit les gorges rouges de la horde de femmes hurlantes, affolées, surexcitées.

Astar se débattait plus faiblement, sa respiration devenait sifflante, oppressée. Elle se laissa tomber contre Blade, ses seins s'écrasèrent sur le torse puissant. Il eut conscience d'une excitation croissante, intense. Il était prêt ! Avec Isma derrière lui, qui attendait. Elle lui parla :

— Dépêche-toi ! Dépêche-toi de la prendre, qu'on en finisse. Elle n'est rien. Un geste suffira, tu n'as qu'à la pénétrer et la laisser. Viens à moi ! Garde-toi tout entier pour moi, pour me prendre. Si tu le peux ! Si tu l'oses !

Blade jeta Astar sur la couche, la poitrine haletante, les longues jambes dorées écartées.

— Et toi, Isma ? grinça-t-il. Et toi... quand j'aurai le dos tourné ?

Elle éclata de rire.

— Mazda aurait-il peur ?

Blade se laissa tomber sur Astar et la pénétra violemment, brutalement. Elle poussa un cri perçant, ses yeux se révulsèrent et elle mourut. Blade avait vu trop de morts pour ne pas comprendre immédiatement qu'elle venait de mourir. Pendant une seconde, il ne comprit pas. Il n'avait pas pu... Et puis cela devint limpide. Astar avait été assassinée, droguée, empoisonnée par Isma. C'était un chef-d'œuvre de chronométrage.

Tout comme le fut son attaque soudaine. Alors qu'il était encore surpris, décontenancé, elle bondit sur lui avec un cri de défi. Elle frappa violemment son dos nu. Elle haletait et ses lèvres se retroussaient sur ses dents.

— Si je peux te tuer, Mazda Blade, je ne veux

pas de toi ! Je suis malade à mourir de créatures qui ne sont pas des hommes. Je te tuerai, Blade. Je te tuerai !

De la salive coulait de sa bouche écarlate. Blade roula de la couche et elle repartit à l'assaut, le blessant au flanc. Du sang coula sur sa cuisse. Il recula d'un bond, avec un sourire de loup.

— Tu cherches vraiment à me tuer, Isma !

Elle feinta à la gorge de Blade, puis elle abaissa sa lame pour menacer son érection.

— Je la tuerai, Blade ! Je la brûlerai et les céboïdes pourront se repaître de ta carcasse. Mazda ? Un Dieu ? Prouve-le !

Blade battit lentement en retraite autour de la cage. Isma le suivait, feintant et se fendant ; elle se taisait, à présent, et ses yeux noirs fulguraient. Blade se sentait envahi de désir lubrique. Il perdait aussi patience et ne faisait aucun effort pour réprimer sa colère. Si cette garce de Déesse, cette Grande-Prêtresse du coi voulait du coi, il lui donnerait du coi. Il la tuerait, il l'anéantirait, avec la seule arme qu'il possédait.

Il glissa le long de la couche où gisait Astar, vautrée dans une attitude d'amour. Isma le suivit, cherchant à l'acculer dans un coin. A tout moment, Blade aurait pu ramasser l'épée d'Astar et en finir, tuer Isma, mais il ne le voulait pas. Pas de cette façon. Il ne songeait pas aux conséquences que pourrait avoir un tel acte, non. Il allait tuer Isma symboliquement, comme l'avait dit Sutha, et ce serait une mise à mort qu'elle n'oublierait jamais. Elle le supplierait, pensait Blade en donnant libre cours à sa rage, de la tuer encore et encore.

Isma se fendit et le manqua. Blade sourit ironiquement. Il était temps. Il avança vivement, lui saisit le poignet et le tordit. Elle hurla. Il sourit de plus belle et tordit plus brutalement. Il lui faisait mal et en éprouvait du plaisir. Elle lâcha l'épée.

Isma essaya de l'assommer avec son bouclier. Blade la gifla à toute volée. Elle sursauta, retenant un nouveau cri et le regarda avec stupéfaction. Puis elle bondit comme une tigresse, en hurlant, en crachant des mots furieux.

— Tu as osé frapper Isma !

— J'ai osé.

Et il la gifla encore, d'un revers de main qui lui fit tourner la tête.

Elle lui griffa la figure, voulut le mordre, mais Blade empoigna l'épaisse chevelure et la tordit. Elle glapit. D'un croc-en-jambe, il la fit tomber lourdement. Il avait oublié la foule. Ils étaient seuls. Il ne songeait qu'à sa rage et à son désir.

Par les cheveux, il la traîna jusqu'à la couche. Elle voulut encore le griffer mais il la souleva par les cheveux et lui rit au nez, méchamment.

— Maintenant, Isma ! Maintenant tu vas savoir qui est Mazda ! Tu es prête ?

Elle lui cracha au visage.

— Jamais, jamais, jamais ! Je l'interdis ! Je suis Isma, Grande-Prêtresse de Tharn ! Je règne seule. Moi seule ! Je te ferai déchirer par les céboïdes !

La rage de Blade se calmait. Il était toujours

en colère mais le brouillard rouge se dissipait. Il se moqua d'elle.

— Je sais que tu es la Grande-Prêtresse, Isma. Je sais aussi que tu as assassiné Astar afin de régner seule. Il doit y avoir longtemps que tu le projetais. Mais tu t'es trompée. Je suis Mazda et tu va régner avec moi. Résigne-toi, Isma ! Maintenant...

Elle croisa les jambes, serra les cuisses et se mit à rire comme une folle, au bord de l'hystérie.

— Non ! Je ne le permettrai pas !

Blade plaqua sa grande main sur son sein gauche et le serra cruellement.

— Ah non ?

Elle poussa un cri perçant mais refusa d'écarter les jambes. Il serra plus fort.

— Tu ne le permets pas, Isma ? Non ?

Les longues cuisses se desserrèrent. Blade se jeta sur elle, plongea, la pénétra, la fouilla, dans l'intention de lui faire mal, de la *tuer*.

Elle n'avait jamais connu d'homme véritable, naturellement. Il se souleva sur les mains pour mieux l'observer, et vit la rage et la peur faire place lentement à la surprise, à l'incrédulité. Elle haletait et gémissait. Sa bouche s'agrandit, s'ouvrit en un O écarlate. Elle lui laboura le dos de ses ongles, mais sans colère maintenant.

Au bout d'une minute elle se convulsa pour la première fois. Blade n'avait même pas commencé. Il continua de la fouailler à grands coups de reins, sentant qu'il allait lui percer les entrailles, la tuer une fois pour toute, la massacrer sans souci des conséquences.

Les minutes succédaient aux minutes. Blade s'àcharnait de plus en plus violemment. Isma se mit à geindre, à sangloter, à supplier.

— Je suis lasse, mon Seigneur. Arrête, je t'en prie.

Blade continua. Elle se mit à crier :

— Tu es Mazda ! Tu es mon Seigneur. Je ne suis rien... tu es tout... mon Seigneur... Esclavommage... Je te rends esclavommage... Je...

Blade n'avait pas de pitié. Ce n'était pas une vertu tharnienne. Ce n'était pas non plus une vertu bladienne, du moins pas pour le moment. La joute se poursuivit.

— Je t'en supplie, mon Seigneur. Pitié ! Je ne peux plus. Je ne peux pas. Je meurs.

— Eh bien meurs !

— Je n'en peux plus. Je ne peux plus le supporter.

— Tu dois le supporter. Je suis le maître à présent. N'est-ce pas, Isma ?

— Oui, oui, c'est vrai... Ah... Oui, oui, oui, oui !

Un spasme secoua Blade et il déversa sa semence dans Isma, la Grande-Prêtresse.

— Ne m'appelle plus jamais Mazda. Entre nous, je serai Blade. Blade de Tharn !

— Oui, mon Seigneur. Tu es Blade de Tharn.

Elle gémissait et pleurait. Les seins magnifiques étaient meurtris et ses longs yeux en amande exprimaient la satiété et l'extase.

Quand Blade se releva il se demanda combien de temps cela durerait. Il avait accédé au trône de Tharn. Maintenant il fallait le conserver.

CHAPITRE XI

Pendant un mois, selon les calculs de Blade, il fut fêté et adoré et vénéré par le Peuple de Tharn. Le cadavre d'Astar fut vaporisé — on racontait qu'elle était morte de joie en reconnaissant le vrai Mazda — et maintenant Blade partageait le trône avec Isma. Une par une les femmes lui furent présentées. Il les compta. 927. Le Peuple. Les AUTRES. La classe dirigeante de Tharn, gouvernée par Isma, et par lui-même.

Il visita la Cage, où les jeunes Seigneur-hommes étaient gardés et élevés en captivité jusqu'à ce que chaque génération atteigne l'âge du sacrifice. Ils vivaient bien, ces jeunes gens de Tharn, servis obséquieusement par des neutres et des céboïdes depuis le jour de leur naissance jusqu'à leur mort dans l'arène. Ils étaient tous assez déplorables, mais c'était leur sperme, recueilli et injecté dans les Porteuses, qui permettait à Tharn de survivre. Blade comptait changer tout ça. Sa semence était puissante.

Il y avait quatre grands Provos à Tharn, et

dans chacun le neutre en chef jouissait de l'autorité absolue, n'avait en principe de comptes à rendre qu'à Sutha mais en réalité chacun de ces Provos était un royaume pratiquement souverain. Tant que le mani affluait, et qu'il n'y avait pas de révolte, les Provos n'étaient pas inspectés. Cela permettait ainsi aux neutres ambitieux comme Honcho de comploter contre Urcit. Blade comptait aussi changer tout cela, le moment venu.

Les Maidukes et les Porteuses, tout en étant homides aussi, n'étaient guère que des servantes de classe supérieure. Blade visita la manufacture de bébés, où de longues rangées de Porteuses étaient aux divers stades de la gestation. Un seul enfant mâle sur cent était conservé pour la Cage ; les autres étaient rapidement étouffés dans un petit sac de teksine transparente. On ne gardait pas toutes les filles non plus, bien que le pourcentage fût plus élevé que pour les mâles. Il y avait une gradation ; seules les filles absolument parfaites étaient gardées pour faire éventuellement partie du Peuple. Celles qui l'étaient un peu moins devenaient des Maidukes, et les suivantes des Porteuses. Tout le reste était détruit.

Blade comprit immédiatement l'erreur et s'interrogea sur les Tharniens. Les homides femelles de la dernière catégorie portaient les enfants. Des enfants engendrés artificiellement par une race d'hommes appauvrie dont le sang s'était détérioré au point de produire des malformations et de l'imbécillité. Le paradoxe l'intriguait. Les Tharniens manipulaient la force magnétique avec facilité ; et cependant ils ignoraient tout de la génétique.

Les neutres n'étaient pas nés de femmes. Une partie de la banque du sperme était mise de côté et recevait un traitement chimique spécial, puis les neutres étaient créés dans des éprouvettes et des bocaux ou décanteurs, et placés sur une chaîne sans fin. Le procédé était lent — la manufacture de neutres avait un mille tharnien de long — et ce qui y entrait sous forme de protoplasme fécondé dans une éprouvette ressortait à l'autre bout sous forme de bébé neutre. En chemin, il était soumis à des dizaines de piqûres diverses avec des seringues à haute pression. Une fois décantés ils étaient triés et classés dans des catégories allant de A à E, et des niveaux de 1 à 14. Les neutres grandissaient rapidement, beaucoup plus vite que les enfants homides, et chacun était instruit et conditionné électroniquement pour la tâche qu'on lui assignait. Chacun recevait un certain nombre de kronos d'existence, selon un tableau d'efficacité complexe et précis, et à la fin de ce temps il était détruit.

Les céboïdes engendraient et portaient naturellement leurs petits. Ils fournissaient les simples soldats et les travailleurs de force, les cultivateurs, les porteurs, les ramasseurs d'ordures. Ils vivaient en général dans des taudis des environs d'Urcit, parlaient leur propre langue grossière et ils étaient aussi fidèles que des chiens à leur maître du moment.

Sutha et Blade se réunissaient souvent pour

mettre au point leur stratégie. Honcho ne devait pas tarder à agir. Sutha, par le contrôle subtil de l'énergie, lui facilitait les choses. Ils attendirent. Toujours rien. Sutha affaiblit plus encore la force des magvoiles. Si Honcho sondait, il découvrirait sûrement la faiblesse des barrières invisibles.

Blade et Isma étaient dans la chambre royale quand l'événement se produisit. Ils avaient livré une longue joute amoureuse et Isma dormait, repue, un demi-sourire aux lèvres. Blade, allongé, à côté d'elle dans l'immense lit, la grande épée à portée de sa main, ne fut ni surpris ni particulièrement alarmé quand le simlu de Honcho commença à se matérialiser. Il ne tendit pas la main vers l'épée. Un simlu ne pouvait lui faire de mal et à ce stade Honcho n'oserait pas téléporter son réel dans Urcit.

Honcho portait une tunique et une armure légère. Les longs yeux verts considérèrent Blade qui se contenta de saluer de la tête sans rien dire.

Honcho regarda Isma endormie. Ses yeux détaillèrent son corps, nu sous une robe de teksine diaphane.

— Elle est aussi belle que je l'imaginais, Blade. C'est la première fois que je la vois. Comment fait-elle le coi ? Elle te satisfait ?

— Tout à fait.

— Alors tu es heureux ? Tu dois l'être... tu n'as pas respecté notre plan.

Blade sourit.

— Croyais-tu vraiment que je t'obéirais ?

Honcho se frotta le menton.

— Non. Naturellement pas. A vrai dire, j'avais deux plans. D'abord, si tu étais stupide, tu détruirais l'Energie et toi-même, et mes Pethcines pourraient facilement envahir et prendre Tharn et Urcit. Ce n'était pas un très bon plan, je te l'avoue. J'aurais eu Tharn mais je n'aurais pas eu l'Energie. Il m'aurait fallu très longtemps pour la restaurer, en supposant que j'y parvienne, et j'avais besoin de l'Energie pour contrôler Org et les Pethcines. Ce sont des sauvages, souviens-toi.

— Je me souviens. Comment va Totha ?

Le sourire de Honcho s'altéra. Les yeux verts se plissèrent.

— Très bien, Blade. Mais elle a changé. Elle me haïssait, elle me méprisait, et maintenant je semble lui plaire. Je crois savoir pourquoi mais je trouve cela agréable quand même. Elle m'a, presque, appris à comprendre le coi.

Délibérément, Blade lança une pique.

— Comment est-ce possible — Tu n'es pas un homme. Tu es un neutre. Un rien du tout !

Honcho haussa les épaules.

— Peut-être. Peut-être pas. Même cela peut être changé. Totha pense que c'est possible, et elle s'y intéresse beaucoup. Tous les miracles, Blade, ne sont pas accomplis ici à Urcit.

Blade dressa l'oreille.

— Que veux-tu dire ?

Honcho ne put réprimer un rire satisfait.

— Il y a de très, très nombreux kronos, avant que le système soit perfectionné et que toutes choses demeurent égales, il y avait à Tharn une chose appelée la maladie. Et il y avait des hommes, des homides, appelés médecins. Ou chirurgiens. J'ai lu ce que l'on a écrit sur eux. Certains étaient très savants et très habiles. Et puis ils ont disparu, ils ont été éliminés parce qu'ils ne servaient plus à rien. Mais quelques-uns ont survécu. J'ai cherché, dans tout Tharn, pendant longtemps, et j'en ai trouvé un. Dans un coin perdu du Provo de l'Ouest. J'ai envoyé mes céboïdes et je l'ai fait amener secrètement dans ma Tour. Il me dit qu'il existe une chose, appelée opération, qui peut faire de moi un homme. Par le corps comme je le suis déjà par le cerveau. Que dis-tu de cela, Blade ?

Blade était amusé mais il se garda de le laisser voir à Honcho. Ce n'était qu'un détail, mais il confirmait son jugement. Honcho était une créature torturée et le sexe allait causer sa mort. Il recherchait l'impossible, ce qui est presque toujours fatal.

— Ton ambition m'impressionne, Honcho, dit-il gravement. Non seulement tu veux régner sur Tharn, mais tu veux aussi être un homme. Je ne puis que te conseiller la prudence. Ne vise pas trop haut.

— J'étais sûr que tu me dirais cela. Tu as changé, toi. Tu as beaucoup changé depuis que j'ai détruit Moyna et t'ai fait prisonnier. Est-il possible que j'aie commis une erreur en t'envoyant ici ? Je commence à soupçonner de la traîtrise dans ton cœur, Blade. Et que tu n'as pas l'intention de respecter notre plan, de tenir ta parole.

Blade réprima un frisson. La voix du neutre était douce, sans colère, pleine d'une assurance moqueuse qui l'inquiétait. Mais il resta impassible.

— Mais tu as une faiblesse, Blade, reprit Honcho. Une grande faiblesse que tu essayes de dissimuler. Non ! Ne dis rien. Regarde. Je vais te montrer quelque chose. Cela ne m'est possible que parce que le vieux Sutha a affaibli les magboiles, pour tenter de m'attirer à Urcit. Tu croyais vraiment que je me téléporterais ici, que je mettrais mon réel en ton pouvoir ? Tu t'es fait des illusions. Quand mon réel viendra, ce sera avec Org et les Pethcines, et en conquérant. Mais regarde, Blade ! Observe !

Une image se formait dans la pièce. Blade regarda, et il eut froid au cœur. C'était Zulekia. Et Totha.

Zulekia était dans une salle austère de la Tour, couchée par terre, écartelée, les bras et les jambes en croix maintenus par des anneaux de teksine. Elle était nue. Elle hurlait, sa bouche rouge grande ouverte, bien que Honcho n'eût pas apporté le son dans la chambre. C'était pire, pour Blade... cette bouche qu'il avait embrassée, grimaçante... et les cris silencieux qui ne cessaient pas...

Un ces céboïdes soldats enfourchait Zulekia. Quand il eut fini, un autre prit sa place. Une longue file de céboïdes attendaient derrière la porte, en grondant et se bousculant et se penchant pour voir.

Totha observait, d'un coin de la pièce. Elle souriait et riait et applaudissait tandis que chacun des céboïdes violait la malheureuse Zulekia.

Blade eut envie de la saisir à la gorge, de l'étrangler.

— Attends, dit la voix moqueuse de Honcho. Ce n'est pas fini.

L'image s'estompa, une autre la remplaça. Cette fois Blade vit la Tour, la terrasse sur laquelle il avait vu Zulekia pour la première fois, dominant la Gorge. Quatre céboïdes tenaient la fille par les poignets et les chevilles et la balançaient, s'apprêtant à la lancer dans la Gorge. Totha était là aussi, observant la scène avec son même sourire cruel.

— J'ai inventé un petit raffinement, dit Honcho. Les crochets. Regarde bien.

Ce n'était qu'un simlu mais Blade fut inondé de sueur et faillit crier. D'énormes crochets de teksine avaient été scellés dans le mur à pic. Le corps de Zulekia tomba dans le vide et fut retenu par une paire de ces crochets, qui s'enfoncèrent dans ses cuisses et son torse, et elle resta suspendue comme un quartier de viande dans une boucherie, son ravissant visage déformé par la douleur, transformé en masque hurlant et grimaçant.

— De nombreux minikronos s'écouleront avant qu'elle meure, dit Honcho. Veux-tu que cela lui arrive, Blade ?

Blade passa une main sur son front en sueur et considéra la créature. Il était crispé, frémissant de rage, désespéré par son impuissance. A ce moment, il ne pouvait rien faire.

L'image s'estompa et disparut.

— Ce n'était qu'un simlu. Un pré-simlu,

reprit Honcho. Une extrapolation de ce qui sera, Blade, si tu n'obéis pas à mes ordres. Je te l'ai montré. Il en sera ainsi. Je ne peux pas, maintenant, te forcer à obéir. La fille est ma seule arme. Peut-être te moques-tu de ce qui peut lui arriver, et dans ce cas il me faudra trouver un autre moyen. Toi seul le sait. Mais moi aussi je dois le savoir. Qu'en dis-tu, Blade ?

Blade ferma les yeux. Il fit un effort pour ne pas sauter sur le simlu, et se ridiculiser comme cela lui était arrivé. Il rouvrit les yeux et considéra le neutre en hochant la tête.

— Cela ne doit pas arriver à Zulekia. Que veux-tu que je fasse ?

Honcho le lui expliqua. Brièvement. Puis son image disparut. Blade, la mine sombre, s'efforça de réfléchir. A côté de lui Isma s'agita et commença à se réveiller. Bientôt elle tendit une main et caressa la joue de Blade.

— Qu'y a-t-il mon Seigneur ? Tu parais troublé.

— Ce n'est rien. J'ai fait un mauvais rêve. Une chose que tu ne peux comprendre puisque les Tharniens ne rêvent pas.

Elle se blottit contre lui et l'embrassa.

— Tu es heureux à Tharn, mon Seigneur ? Avec moi.

— Je suis très heureux, répondit Blade, la mort dans l'âme.

Isma se caressa les seins, une habitude qu'elle avait quand elle se préparait au coi. Elle embrassa dc nouveau Blade.

— Je te veux, Seigneur, avant que nous

allions au festin. Et ensuite, nous conférerons avec le vieux Sutha, veux-tu ?

Blade s'écarta d'elle et sauta du lit. Pour le moment, la simple idée du coi le révoltait. Il sortit de la chambre, emportant la grande épée.

— Je vais voir Sutha tout de suite. La question des Pethcines doit être réglée sans tarder. Immédiatement !

Mais comment ? Le dilemme était en lui. Honcho était un monstre. Un monstre rusé qui avait frappé directement au défaut de la cuirasse de Blade, qui avait deviné sa faiblesse. Qui l'avait devinée depuis le début. Blade était humain, pas simplement homide, et Honcho le savait.

Et cependant, se disait Blade en suivant le dédale de tunnels et de corridors pour se rendre à la salle des ordinateurs où il retrouverait Sutha, cependant le problème devrait être facile à résoudre. Il lui suffisait de ne plus penser à Zulekia. De l'oublier. Que lui était-elle après tout ? Quelques minutes de plaisir... Et quoi encore ?

Il lui suffisait de l'abandonner à la torture et il aurait de nouveau une belle avance sur Honcho, dans le redoutable jeu de vie et de mort auquel ils jouaient.

Mais en serait-il capable ?

CHAPITRE XII

Lorsque Blade alla retrouver Sutha dans la salle des ordinateurs, sa décision était prise. Ses mobiles étaient complexes, fumeux même, mais il se connaissait assez pour savoir ce qu'il devait faire. Et pour reconnaître qu'il n'agissait pas uniquement pour sauver Zulekia. Il ignorait encore comment il parviendrait à ses fins. Il savait seulement que cela allait exiger à la fois de la ruse et du courage et qu'il n'y aurait pas de marge d'erreur.

Sutha l'attendait et ils passèrent dans le Saint des Saints pour parler librement. Blade s'assit sur la margelle du bassin et contempla le coffret, tout au fond, sous la surface calme.

— Tu dois couper l'Energie immédiatement, dit-il au vieux neutre. Honcho s'apprête à envahir Tharn. Je veux qu'il le fasse. Tout de suite. Je vais tout préparer.

Sutha considéra Blade. Il semblait préoccupé absorbé par ses propres pensées. Il hocha la tête.

— Oui, je crois le moment venu. Tu as vu Honcho ? Il a envoyé son simlu ?

— Oui. Il m'a menacé, m'a montré ce qui arriverait à Zulekia si je n'obéis pas.

Il raconta à Sutha tout ce qu'il avait vu et quand il se tut le vieillard lui demanda :

— Et toi ? Tu as donné ton accord à ses projets ?

Blade crispa le poing et l'abattit sur la margelle de teksine.

— Oui ! J'ai feint d'être d'accord. Je dois te persuader, comme je le fais en ce moment, que le moment est venu de couper l'Energie et de laisser venir Honcho. Et puis, avant que nous puissions rebrancher l'Energie et refermer les magvoiles derrière les Pethcines et lui, les prenant au piège, et envoyer les Tempêtes rouges, je dois te tuer, Sutha, faire Isma prisonnière et remettre l'Energie à Honcho. Alors il te remplacera, il deviendra le Roi des Neutres ! C'est un bon projet, du point de vue de Honcho... Mais écoute-moi attentivement.

« Tu couperas l'Energie comme nous l'avons prévu. Honcho, Org et les Pethcines se précipiteront dans le piège. Encore comme prévu. Mais je ne veux pas que l'Energie soit rebranchée avant que j'en donne l'ordre ! Moi seul ! Tu ne comprends pas, tu seras perplexe, mais tu devras attendre, Sutha. Attendre ! Moi et moi seul déciderai du moment où l'on devra rebrancher l'Energie. Tu dois me le promettre.

— Je te le promets. Je crois deviner ce que tu projettes. Mais laisse-moi te faire quelques observations. Tu es nouveau ici, Blade, et il y a beaucoup de choses que tu ignores.

— Je sais ce que je dois faire !

— Cependant tu dois m'écouter, et t'assurer que tu as bien compris. Quand l'Energie sera coupée, complètement coupée, tout s'arrêtera à Tharn, et ici à Urcit. *Tout !* Sans l'Energie Tharn n'est rien. Nous ne valons guère mieux, nous sommes même plus faibles que les Pethcines. Ce ne sont que des sauvages et des barbares mais sans l'Energie nous serions impuissants devant eux.

Blade effleura la grande épée.

— Pas tout à fait.

Sutha hocha la tête.

— Je sais. Je t'ai dit que je comprenais. Tu veux combattre les Pethcines, et Honcho, selon leurs propres termes ?

Blade sourit, montrant des dents de loup.

— Erreur. Selon *mes* propres termes.

Sutha reprit, à voix basse, comme s'il se parlait à lui-même :

— Supprime l'Energie et tout s'arrête à Tharn. Il n'y aura pas de lumière. Le climat échappera à notre contrôle. Le mani se desséchera dans les champs. Les manufactures de bébés ne fonctionneront plus et les embryons des neutres mourront dans les décanteurs. Toute l'industrie de l'alimentation s'arrêtera. Il n'y aura pas d'élimination des ordures, plus d'espiécrans, aucun moyen de mater les céboïdes. Dans ces conditions, ils risquent de se révolter.

— Tant pis ! cria Blade. Je veux qu'il en soit ainsi. En privant Tharn, et nous-mêmes, de tout cela, nous en privons aussi Honcho. C'est justement ce que je cherche, Sutha. Sans l'Energie, Honcho n'est rien. Je le tuerai. Je tuerai Org et Totha aussi s'il le faut. Je ne crois pas que les Pethcines se battront bien, sans chef.

Sutha parut céder mais il n'était qu'à demi convaincu.

— A condition que tu n'attendes pas trop avant de me donner le signal. Je t'ai parlé de mon rêve, détruire les Pethcines à jamais, pour l'éternité, afin qu'ils ne puissent plus jamais menacer Tharn. Je sais que c'est impossible sans l'Energie.

Blade pensait autrement, mais il garda ses réflexions pour lui. Il avait besoin de Sutha pour son plan. Grand besoin de lui.

— Je n'attendrai pas trop, je te le promets. Je t'enverrai un coursier quand le moment sera venu. De ton côté, tu dois me promettre que toute l'Energie, *toute,* restera coupée jusqu'à ce que je la demande.

Sutha porta une main décharnée à sa maigre poitrine.

— Je te le promets.

— Alors fais-le tout de suite, ordonna Blade. Je veux le voir de mes yeux.

— Viens...

Ils retournèrent dans la salle des ordinateurs et passèrent au-delà dans une pièce minuscule qui ne contenait rien mais dont les murs étaient couverts de cadrans et de boutons. Sutha tendit la main vers un grand interrupteur, hésita un instant puis, sans regarder Blade, il abaissa le levier.

Le silence se fit. Un nouveau silence étrange,

comme Blade n'en avait pas connu depuis son arrivée à Tharn. Les ordinateurs s'étaient arrêtés. Blade prit Sutha par l'épaule.

— Je vais parler à Isma. Ne lui dis rien de nos projets, si elle te pose des questions. Réponds que je n'ai même pas voulu t'en faire part, à toi ! Ainsi elle ne pourra te rendre responsable. Au revoir, Sutha. Je vais maintenant veiller à mes préparatifs. Que vas-tu faire ?

— Rester ici, jusqu'à ce que je reçoive ton ordre. Ne tarde pas trop, Blade. En ce microkrono, Tharn a commencé à mourir.

— Ne t'inquiète pas, Sutha, dit Blade en portant la main à la poignée de son épée. Avec l'aide de ceci, je sauverai Tharn. Un Tharn meilleur que tu ne l'as connu, peut-être.

Blade monta par d'interminables escaliers jusqu'au sommet de la plus haute tour du Palais. Là, d'une vaste terrasse, il voyait tout le pays environnant. Quelques femmes étaient là, qui se faisaient masser à l'huile de teksine par des Maidukes et Blade les fit toutes partir. Pour le moment, la terrasse serait son poste de commandement.

Il envoya un neutre chercher Isma et l'observa avec amusement quand il voulut passer dans la chute antigravitionnelle et découvrit qu'elle ne marchait pas.

— Prends l'escalier, commanda Blade avec brusquerie. Vous passerez tous par là, désormais. Et quand tu auras trouvé la Grande-Prêtresse et remis mon messagc, envoie-moi le Deuxième Neutre. Immédiatement !

Le neutre rendit un esclavommage apeuré et partit en courant.

Blade se fit apporter des sièges et des tables. Il n'existait pas de cartes et il n'espérait pas trouver de longue-vue ou de jumelles à Tharn. Cela n'avait pas tellement d'importance. Il comptait laisser Honcho et Org venir à lui. Il choisirait le site de la bataille et dicterait ses conditions. Ainsi seulement, il aurait une chance d'être vainqueur. Et il le devait. Il n'était plus question de reculer. Honcho, Org, Totha, toute la horde barbare étaient sûrement déjà en marche. Honcho ne mettrait pas longtemps à découvrir que l'Energie avait été coupée et qu'il pouvait traverser les magvoiles.

Blade s'approcha de la balustrade et contempla le ciel. Il crut détecter une minuscule tache de bleu, mais n'aurait pu en jurer. Il faudrait un peu de temps. Il y avait toujours l'éternel crépuscule, l'opacité laiteuse. Il chercha de nouveau le petit coin de bleu et le retrouva. Il s'élargissait. Le contrôle du climat ne fonctionnait plus.

Il contempla un moment la langue d'azur, puis il retourna en souriant à la table où l'on avait placé une pile d'ardoises et un stylet. Il en prit une et il écrivit : *Jours de Blade — 1.*

Un monstrueux orgueil. Le calendrier bladien !

Isma arriva, magnifique dans une fluide robe noire, accompagnée par son habituel troupeau de Maidukes. Blade renvoya les filles. Isma le considéra avec une curiosité mêlée de ressentiment. Elle était merveilleusement patricienne, plus belle que jamais. Ses cheveux étaient relevés en haute couronne sur sa tête et sa peau était couleur d'or pâle, sa bouche une fleur de désir écarlate. Quand les Maidukes furent parties, elle alla embrasser Blade et se colla contre lui. Puis elle fit une moue.

— Je suis en colère contre toi, Seigneur. Tu as quitté notre lit si vite ! J'étais d'humeur à faire le coi.

Blade posa ses grandes mains sur ses épaules et la repoussa. Les yeux sombres reflétèrent de l'étonnement. Blade lui releva le menton et se mit à rire. Elle n'était rien qu'une belle fille boudeuse. L'Energie n'était plus, la Grande-Prêtresse non plus. Cette ravissante personne amoureuse et assassine n'était qu'une femme.

Isma recula, sa surprise se changeant en rage.

— Tu te conduis bien étrangement, Seigneur. Tu oublies que je suis Isma ! Je ne tolère pas l'arrogance.

Blade reprit son sérieux.

— Assieds-toi, Isma. Et écoute-moi !

Elle obéit assez docilement, de nouveau étonnée. Jamais personne, en tous les kronos de Tharn, n'avait osé s'adresser sur ce ton à une Grande-Prêtresse.

Blade parla longuement. Isma l'écouta et comprit. Il en avait été sûr. Après Sutha, c'était elle qui avait le cerveau le mieux conditionné de Tharn. C'était justement le défaut, la faiblesse. Un cerveau conditionné.

Néanmoins, lorsque Blade lui eut expliqué ce qu'il comptait faire, Isma s'attaqua directement à sa faiblesse, à *lui*.

— Je comprends que les Pethcines doivent être attirés dans un piège. Et que pour cela l'Energie doive être coupée. Mais pourquoi, une fois qu'ils se seront précipités dans ce piège, veux-tu attendre ? Alors que nous pouvons rabattre les magvoiles derrière eux et envoyer les Tempêtes rouges et les magrayons, alors que nous pouvons les anéantir totalement. Pourquoi attendre ?

Et anéantir Zulekia avec eux ! Blade était certain que Honcho amènerait la fille en otage.

Isma l'observait entre ses longs cils.

Blade, qui avait préparé sa réponse, n'eut pas une hésitation.

— J'ai pensé que ce ne serait peut-être pas une bonne idée de détruire complètement les Pethcines. Je...

— Ne pas les détruire ? s'exclama Isma, outrée et méprisante. Les Pethcines ? Ce ne sont que des bêtes sauvages, des barbares répugnants. Tu n'as pas seulement coupé l'Energie, Blade ! Tu as aussi débranché ton cerveau !

Ignorant l'insulte Blade reprit posément :

— Ecoute-moi jusqu'au bout, Isma. Tu avoueras que les Seigneurhommes ne valent pas grand-chose. Que ce sont des avortons. Jamais aucun ne pourrait te satisfaire. Alors nous n'allons pas tuer *tous* les Pethcines ! Nous allons faire le plus grand nombre de prisonniers possible et nous nous en servirons pour remplacer les Seigneurhommes. Ce sont des barbares, certes, mais ils sont forts, virils. Je choisirai les meilleurs, Isma, et je les accouplerai avec le Peuple. Avec les femmes. Et chacune portera son propre enfant.

Isma se dressa d'un bond.

— Je refuse d'écouter de tels blasphèmes !

Du coin de l'œil, Blade avait vu que le Deuxième Neutre était arrivé et attendait à l'écart, entouré d'un peloton de soldats céboïdes et de leur lieutenant. Mêmes les bêtes le regardaient avec stupeur.

C'était pour Blade la minute de vérité. Maintenant ou jamais. Il avait besoin d'Isma, car en tant que Grande-Prêtresse elle pouvait imposer une obéissance absolue, pendant un certain temps, même sans l'Energie.

Il la regarda fixement. Elle soutint son regard sans ciller. Blade ne put rien lire dans les yeux noirs mais il savait qu'elle pensait aux Pethcines, à une virilité barbare et nouvelle. Il connaissait bien Isma. Il surveillait aussi les céboïdes. Ils n'étaient armés que d'épées de teksine et il pourrait les tuer aisément, mais il ne le voulait pas. Il tenait à l'unité, à Urcit, il en avait besoin. Sinon, il serait battu d'avance.

Isma se détourna. Elle retourna s'asseoir. Blade resta impassible et réprima un soupir de soulagement.

— Je veux bien t'écouter, dit-elle sur un ton hautain. Explique-moi exactement ce que tu veux faire, Seigneur Blade.

Il fit signe au Deuxième Neutre, qui s'avança. Puis il prit le bras d'Isma et la conduisit jusqu'à la balustrade. Il y avait davantage de bleu dans le ciel et le mélancolique crépuscule laiteux laissa filtrer un rayon d'or rouge. Blade aspira profondément. L'air était différent. Il y avait un soleil à Tharn !

Le neutre contemplait avec crainte le ciel changeant. Il regarda Isma, puis Blade, et murmura :

— Je n'avais encore jamais vu cela. Pas une fois de tous mes kronos.

— Tu devras t'y habituer, répliqua Blade.

Il désigna la plaine qui s'étendait vers le Provo du Nord. Là, dans la périphérie d'Urcit, se trouvait un dédale de huttes, de taudis, des centaines de tanières de céboïdes.

— Nous raserons tout cela, dit-il, et nous en ferons des barricades. Honcho et Org arriveront par cette direction, j'en suis certain. Urcit n'a pas de remparts, aussi peu importe où ils attaqueront. Ils prendront le chemin le plus direct. Deuxième Neutre, tu vas immédiatement donner des ordres pour qu'on abatte ces cabanes et qu'on en fasse une longue barricade derrière laquelle nous masserons nos forces. Isma, tes femmes étaient des guerrières autrefois, je crois. Il faudra qu'elles le redeviennent. Occupe-toi de leur recrutement. Tout de suite. Le point de rassemblement sera la place du Grand-Phallus. Ne tarde pas, Isma.

Elle souriait légèrement, mais sans la moquerie à laquelle il s'était attendu.

— Oui, Seigneur Blade. Mais comment les convoquerai-je ? Il n'y a pas d'énergie.

Blade rit et montra ses pieds chaussés de sandales.

— Il y en a. Celle des jambes. Que le Troisième Neutre forme un bataillon de coursiers. Tu devras installer un centre de messages en liaison avec mon poste de commandement, ici. Je te nomme Commandant du Peuple, Isma. De toutes les femmes homides. Tu n'auras d'ordres à recevoir que de moi, tu n'obéiras qu'à moi. As-tu compris ?

Les yeux sombres d'Isma se plissèrent mais elle répondit :

— J'ai compris, Seigneur Blade. Je t'obéis.

L'obéissance était dans les paroles mais ni dans le ton, ni dans l'expression. Blade se tourna vers le Deuxième Neutre.

— Sutha, ton roi, ordonne que tu m'obéisses aveuglément. Il ne livrera pas cette bataille. Il a une mission particulière très difficile, qu'il doit accomplir seul. Tu dois commander tous les neutres, par conséquent. Mais sous mes ordres, bien entendu. Tu as bien compris ?

Le Deuxième Neutre était de kronos moyens. Il portait une chaîne de petits diamants de teksine sur sa tunique. Il s'inclina légèrement.

— Oui, Seigneur Blade. Que veux-tu de moi ?

— C'est assez simple. Il me faut une liste de tous tes neutres, avec leur rang et leur grade. Tu les formeras en bataillon. Ils vont devoir se battre.

— Se battre, Seigneur Blade ? s'étonna le Deuxième Neutre. Les neutres ne peuvent se battre ! Nous n'avons jamais été entraînés pour cela. Je crains que nous ne te soyons d'aucune utilité, Seigneur.

Blade le toisa.

— Alors vous me servirez de chair à canon. Si vous ne pouvez pas vous battre, vous ferez de bonnes cibles pour les flèches des Pethcines.

— De la chair à canon, Seigneur Blade ? Je ne comprends pas ce mot.

— Tu le comprendras, assura Blade. Va rassembler les neutres. Réunis les sur la place derrière leurs dortoirs.

Le Deuxième Neutre s'apprêtait à partir mais Blade le rappela.

— Un instant. Qui commande les céboïdes ?

— C'est nous, Seigneur. Les neutres. Ceux de la classe la plus basse, naturellement. Je n'ai jamais eu affaire aux céboïdes moi-même.

Blade désigna un siège.

— Assieds-toi, Deuxième Neutre.

Le neutre obéit. Blade se caressa la barbe.

— Tu dis que les neutres ne peuvent pas se battre. Et les céboïdes ?

Le Deuxième Neutre réfléchit un moment.

— Ils se battront. Autant que leur intelligence le leur permet, et s'ils sont suffisamment fouettés. C'est le secret, Seigneur, pour les céboïdes. Le fouet. Et une exécution publique de temps en temps. C'est tout ce qu'ils comprennent.

Blade examina les créatures massées près de l'escalier. C'étaient des soldats céboïdes et ils avaient tous une longue queue. Leur origine déroutait Blade. Il les regarda bavarder entre eux dans leur parler guttural. De temps en temps, une des longues têtes de babouin se tournait vers lui. Blade savait qu'ils observaient et qu'ils écoutaient. Mais que pouvaient-ils comprendre ?

— Qui les surveille ? demanda-t-il.

— Les maîtres-céboïdes, Seigneur. Des neutres du niveau le plus bas. Ils vivent parmi les céboïdes et parlent leur langage. C'est nécessaire parce que les bêtes ne peuvent apprendre le tharnien. Il en a toujours été ainsi.

— Je vois. Eh bien, beaucoup de choses vont changer à Tharn. C'est tout pour le moment, Deuxième Neutre. Va recruter tes neutres comme je te l'ai ordonné. Et trouve-moi Xeno, mon serviteur, et envoie-le moi. Immédiatement.

— Sur l'heure, Seigneur Blade.

Le Deuxième Neutre se prosterna et s'éloigna. Blade le regarda descendre par l'escalier, suivi de son peloton de céboïdes.

Il retourna à la balustrade. Un grand lambeau d'azur apparaissait maintenant au zénith, s'élargissant à vue d'œil et sur l'horizon, au nord par où surgiraient Honcho, Org et les Pethcines, de petits nuages couraient comme des moutons au pacage. Soudain, une lance de soleil les frappa, les dora. Blade sourit dans sa barbe. Dans son autre vie, il n'avait jamais cru aux signes. Maintenant il était moins sceptique.

Xeno arriva, hors d'haleine et craintif.

— Tu m'as demandé, Seigneur Blade ? haleta-t-il.

Il était bouleversé ; rien ne marchait plus à Tharn et le bruit courait que l'Energie avait disparu à jamais. Blade lui dit sévèrement :

— Oui. Assieds-toi.

— M'asseoir, Seigneur ?

C'était impensable ! S'asseoir ! En présence du Seigneur Blade !

Blade rugit :

— Je te dis de t'asseoir ! C'est un ordre !

Xeno obéit. Blade l'examina. Il avait besoin d'un assistant, d'un aide de camp intelligent et fidèle. Son instinct lui soufflait que Xeno était son homme, ou plutôt son neutre.

— Tu as seize kronos ?

— Oui, mon Seigneur.

Blade hocha la tête avec satisfaction. Un neutre encore tout jeune.

— Quel est ton niveau, Xeno ?

— Je suis du douzième niveau, mon Seigneur. J'ai été conditionné pour devenir moniteur des Maidukes, jusqu'à ce que Sutha me place à ton service.

Blade aurait préféré un niveau plus élevé, mais il devrait se contenter de celui-là. Il se souvint que Moyna, le premier neutre qu'il avait vu, n'était que du quatrième niveau et s'était assez bien débrouillé avant que Honcho le détruise.

— Je veux que tu me serves.

Xeno le regarda avec perplexité.

— Naturellement, Seigneur Blade. Je suis là pour ça.

Blade eut un mouvement d'impatience, et puis ses dents brillèrent dans sa barbe noire. Xeno ne pouvait comprendre, bien sûr. Il faudrait tout lui expliquer.

Il portait au cou une chaîne, insigne de l'autorité, en teksine dorée avec un petit phallus en pendentif. Il l'ôta et la passa au cou de Xeno. Le jeune neutre baissa les yeux et la contempla avec fascination. Il comprenait de moins en moins.

— Ce n'était pas ce que je voulais dire, reprit Blade. Ecoute-moi bien. Quand j'aurai fini de parler tu me diras ce que tu as compris et ce qui t'échappe. Si tu ne comprends pas assez, ajouta-t-il en souriant, je te reprendrai la chaîne et je t'enverrai vivre avec les céboïdes... Voilà. Je fais de toi mon aide de camp. Mon adjoint. Mon lieutenant. Appelle cela comme tu voudras en tharnien. Tu resteras constamment auprès de moi, à moins que je te confie une tâche. Tu ne prendras d'ordre que de moi. *De moi seul !* C'est très important. De personne d'autre, et cela comprend la Grande-Prêtresse Isma et le Roi des Neutres Sutha. Ne l'oublie surtout pas.

« Je te confie le commandement de tous les maîtres-céboïdes. Et des céboïdes aussi, naturellement. Mais en ce qui les concerne je te donnerai plus tard des ordres spécifiques. Tu vas rassembler toutes les provisions d'Urcit, et toute l'eau, et tu les entreposeras à l'endroit que je t'indiquerai. Tu feras de même pour tout le mani brut. Tu rassembleras aussi, dans un lieu que je te désignerai, tous les stocks de teksine brute. C'est très important. J'aurai besoin de tout ce que tu pourras réunir. Tu vas faire cela immédiatement. Mais ce n'est que le commencement, Xeno. Nous devrons travailler dur. Et nous battre durement. Alors... Y a-t-il quelque chose que tu ne comprends pas ?

Xeno contemplait Blade avec de grands yeux emplis de perplexité et d'adulation. Il toucha la chaîne que lui avait donnée son maître.

— J'ai compris tout ce que tu m'as dit, Seigneur Blade. Mais il y a quelque chose...

— Quoi donc ?

— Cela, dit Xeno en désignant le ciel. Cela me fait peur, Seigneur. Qu'arrive-t-il ?

A l'ouest l'opacité laiteuse du ciel tharnien s'était dissipée. Une étoile brillait, accrochée sur un fond de bleu et de rose. Le soleil se couchait. Blade sourit.

— Ne crains rien. Le ciel ne va pas te tomber sur la tête.

CHAPITRE XIII

Blade avait calculé, en convertissant en heures les kronos tharniens, qu'il faudrait à Honcho et à Org quatre jours environ pour amener la horde pethcine en vue d'Urcit. Durant ces quatre jours, Blade ne dormit pas.

Il parvint à réprimer le chaos qui menaçait mais pendant un moment l'équilibre fut précaire. Pour la première fois en des millions de kronos Urcit, et Tharn tout entier, se trouvaient sans Energie. Blade avait sur les bras une foule d'enfants ahuris. Heureusement, ils n'avaient pas peur. Il n'y eut pas de panique. Tharn, et Urcit en particulier, avait si longtemps vécu dans l'indolence et le luxe, avait été si longtemps gardé par les magvoiles et autres merveilles de la technique que tout le monde avait oublié ce qu'était la peur. Ils avaient oublié aussi comment se battre. On gardait le vague souvenir, parmi le Peuple et les neutres les plus âgés, d'une très ancienne invasion des Pethcines ; on se rappelait aussi une ou deux révoltes de céboïdes, mais vite réprimées et leur souvenir s'était estompé. Durant d'innombrables kronos, le Peuple avait ignoré l'assassinat et les rapines. Les meurtres rituels ne comptaient pas, ni les rares exécutions de céboïdes. Ces dernières étaient d'ailleurs rares, grâce aux ordres de Sutha.

Il en résultait que si Blade n'avait pas d'armée — c'était plutôt une horde à demi disciplinée — il possédait bien un corps avide de combattre pourvu que quelqu'un lui montre comment. Dans l'ensemble, le Peuple s'était ennuyé sans le savoir, et cette bataille en perspective était une distraction. Il n'en faudrait guère, pensait Blade, pour éveiller le goût du sang dans un groupe de femmes superbes qui avaient le droit de tout faire, sauf le coi.

Isma le surprit agréablement par sa façon de prendre le commandement des 927. Au premier rassemblement sur la place du Phallus, elle apparut dans une resplendissante armure de teksine dorée, armée d'une épée et d'une lance, portant un bouclier à peine plus grand que celui que Blade avait employé au Sacer des Pethcines, coiffée d'un casque orné de pierreries et surmonté d'un magnifique panache. Elle était impressionnante et Blade fut heureux de constater qu'elle savait parfaitement se servir de son épée.

Il y avait maintenant des nuits à Tharn, avec une lune et des étoiles, mais pour Blade cela ne changeait rien. Il ne se couchait pas, il était partout, il inspectait, il suggérait des changements, il lançait des ordres. Il faillit épuiser Xeno à mort. De temps en temps il recevait une ardoise de Sutha, ou lui en envoyait une mais il n'avait pas grand-chose à lui dire. Sutha restait à son poste dans la salle de l'Energie, attendant le signal de rendre l'Energie à Tharn et seul Blade savait que ce signal ne viendrait jamais.

Au bout de trois jours et trois nuits, Blade comprit qu'il avait accompli un miracle. Restait à savoir si cela durerait...

Au nord de la ville, les taudis des céboïdes avaient été abattus et érigés en barricades. Blade surveilla ces travaux en personne et fit construire de grossiers fortins aussi près que possible d'une longue usine de teksine, fournissant ainsi quelque protection pour ses réserves. Sur le toit de la manufacture il installa les douze catapultes qu'il avait pu faire fabriquer. Elles étaient servies par les Porteuses, même celles qui étaient en état d'insémination avancée, sous les ordres d'un neutre choisi par Xeno. Les catapultes projetaient d'énormes blocs de teksine, de l'huile de teksine enflammée dans des sacs, et deux de ces machines pouvaient tirer à la fois une douzaine de longues flèches.

Blade, astucieusement, avait choisi le seul endroit où le terrain descendait en pente vers le nord, formant un glacis naturel. Là il fit planter de grands pieux de teksine épointés et barbelés et disposer entre les pieux un filet, un réseau de filaments de teksine extrêmement fins, invisibles lorsque le soleil ne les faisait pas briller. Il fortifia de son mieux les bastions, et laissant des issues adéquates pour les sorties. Il avait un plan de bataille, une stratégie très nette, mais elle comportait un grand élément de chance.

Il avait l'intention de saigner les Pethcines à

mort. Il les harcèlerait, les inciterait à attaquer de front. Il était sûr d'Org, qui était un barbare et ne connaissait qu'une tactique, l'assaut direct. Totha était sans doute plus intelligente, mais ce serait Org qui commanderait. Blade comptait dessus, car s'il ne voyait pas comment Honcho pourrait savoir mener une guerre il se gardait de sous-estimer son intelligence. Honcho devinerait le piège et la stratégie de Blade. Aucune importance, du moment qu'il n'influençait pas Org. Le roi Org allait se ruer sur les fortins dans un élan furieux.

Le troisième jour, Blade plaça ses forces en position, avec un fort contingent de céboïdes sur chaque flanc. Il espérait qu'ils feraient diversion et attireraient sur eux l'assaut de certains Pethcines. Comme il ne pensait pas que les céboïdes se cramponneraient à leur position sans neutres derrière eux pour les fouetter, il plaça sur leurs arrières une ligne de maîtres-céboïdes.

Et derrière ces neutres, il disposa une autre ligne d'officiers céboïdes spécialement choisis parmi les animaux les plus intelligents, en leur donnant l'ordre de tuer tout neutre cherchant à fuir. Blade avait lui-même surveillé la transmission de cet ordre et il avait vu avec quelle joie et quel étonnement il était reçu. Les yeux humides des bêtes considérèrent Blade avec crainte et respect, mais il ne pouvait douter de leur obéissance. Blade s'attendait à les perdre tous, jusqu'au dernier, mais ils attireraient bien des flèches et des lances. Et ils pourraient même tuer quelques Pethcines.

Blade comptait aussi sacrifier les Seigneur-hommes. Tous ceux qui étaient assez forts pour porter une épée et entrer dans la mêlée. Ce ne serait pas une grande perte. Il les forma en garde d'honneur pour Isma et les plaça sous son commandement. Et le sien propre, quand le moment serait venu.

Le Deuxième Neutre, en fait tous les neutres de rang élevé, formèrent son état-major. Ils n'étaient bons à rien d'autre, mais ils exerçaient une redoutable autorité sur les neutres mineurs et les céboïdes. Plus encore, ils représentaient un noyau. Blade songeait à l'avenir.

Le quatrième jour, sans avoir dormi, Blade inspecta sa rangée de fortins tout en surveillant l'horizon au nord. Le ciel crépusculaire avait entièrement disparu et le nouveau soleil tharnien était chaud et doux, la visibilité était nette sur des kilomètres, mais rien ne bougeait sur la vaste plaine. Et aucun des coursiers qu'il avait envoyés en reconnaissance n'était revenu.

Blade avait enseigné à Isma la tactique du carré et de la phalange. Il avait posté les femmes au centre. Tout dépendait d'elles. Tout. Au moment stratégique, quand il aurait saigné les Pethcines le plus qu'il pourrait, il entendait conduire les femmes droit sur le centre ennemi, dans un assaut de front à lui. Droit sur les étendards d'Org et de Totha. En même temps, les céboïdes passeraient à l'attaque sur les flancs.

Il regarda les sculpturales beautés se livrer aux complexes mouvements de la phalange et du carré, avec des sentiments mitigés. Elles étaient pleines de bonne volonté, avides de combattre, sans doute, mais elles étaient aussi des bacchantes voluptueuses, des femmes brûlant de désir à qui le coi était interdit. Cependant, pensa Blade, cela les rendrait peut-être plus assoiffées de sang.

Les femmes criaient et chantaient tout en faisant l'exercice. Chacune était accompagnée d'une Maiduke qui portait ses armes. Sur un des flancs, Blade gardait en réserve un petit contingent de Maidukes, armées des antiques sarbacanes à air comprimé, comme celles que lui avait montrées Moyna le premier jour ; il avait pu en dénicher une cinquantaine. Ses troupes combattaient avec des *arfactis,* des armes désuètes, des pièces de musées, faute de mieux.

La terrasse au sommet du Palais était à présent fort animée, grouillant de neutres et de céboïdes exécutant diverses tâches. Blade était assis à une grande table et il étudiait les ardoises sur lesquelles il avait esquissé son plan de bataille. Il ne voyait pas comment il pourrait l'améliorer. Il ne pensait pas qu'elle se déroulerait exactement comme il le prévoyait — cela n'arrivait jamais — mais il avait fait tout ce qu'il pouvait et devait, et il avait surtout conservé un certain degré de flexibilité.

Xeno arriva en courant.

— Un des éclaireurs est revenu, Seigneur !

Blade se força à garder les yeux ouverts. Il avait failli s'endormir sur ses ardoises.

— Va le chercher. Vite !

L'éclaireur était un neutre de septième niveau,

hagard, les vêtements en lambeaux, du sang sur l'épaule de sa tunique. Il se prosterna.

— Allons, il suffit, gronda impatiemment Blade. Qu'as-tu découvert ?

— Beaucoup de Pethcines, Seigneur Blade. Ils approchent par le nord. Ils seront là avant le matin.

— Combien ?

— Je ne les ai pas tous vus, Seigneur, mais ils sont nombreux. Mes céboïdes et moi avons été repoussés avant que je puisse en voir davantage.

— Comment tes céboïdes ont-ils combattu ?

Le neutre blessé fit un geste vague.

— Certains se sont battus, Seigneur, d'autres ont fui. Nous avons tous couru quand les Pethcines nous ont attaqués avec les plates-formes à roues. Ils ont de grands couteaux sur les roues, Seigneur, et rien ne peut leur résister.

Blade tirailla sa barbe.

— Des plates-formes à roues ?... Xeno ! Parle-lui en bas-neutre. Demande-lui ce qu'il veut dire.

Xeno s'adressa rapidement à l'éclaireur dans un patois qu'employaient les neutres entre eux, puis il se tourna vers Blade.

— Je crois le comprendre, Seigneur. Il y a bien des kronos, dans l'ancien temps, les Tharniens employaient ces plates-formes. Et aussi la roue. Elles étaient tirées par deux chevaux, comme nous en avions autrefois à Tharn, et il y avait des épées sur les roues. Une arme puérile, Seigneur Blade. Tout juste bonne pour des barbares.

Des chars de guerre. Blade n'avait pas songé à cela ! Il fronça les sourcils.

— Puérile, hein ? Tu changeras bientôt d'avis, Xeno !

Cependant, les chars ne l'inquiétaient pas trop. Il connaissait une tactique pour les neutraliser, si les femmes étaient capables de l'employer. Mais si Org et Honcho avaient des chars et des chevaux, ils devaient aussi avoir de bons moyens de transport. Des fournitures et des provisions en abondance. Cela, c'était mauvais. Urcit ne pourrait jamais soutenir un siège. Il devait prendre rapidement une décision.

Cela confirmait ce que Blade savait déjà. Honcho avait préparé son coup depuis longtemps. Bien avant sa propre arrivée à Tharn. Honcho le lui avait d'ailleurs avoué. Cela avait dû être long et laborieux de transporter tant d'hommes et tant de matériel des profondeurs de la Gorge dans les plaines de Tharn.

Blade interrogea l'éclaireur pendant une heure puis il l'envoya se faire soigner. Celui-là avait eu de la chance. Il n'y avait ni infirmiers ni médecins à Tharn, et Blade n'entendait pas s'encombrer de blessés. Il avait déjà organisé des brigades de miséricorde pour égorger les plus grièvement atteints, quel que fût leur rang.

Lorsque l'éclaireur eut été emmené, Xeno demanda :

— La nouvelle est mauvaise, Seigneur ?

— Non. Ni bonne. Je vais dormir un peu, Xeno. Réveille-moi si l'on a besoin de moi. Dans la matinée, nous livrerons bataille.

Blade s'allongea sur deux tables rapprochées, se couvrit de sa toge et s'endormit aussitôt.

Xeno monta la garde auprès de lui. Par moments, le jeune neutre touchait et caressait le collier que Blade lui avait donné, en souriant à son Seigneur endormi. Un peu avant l'aube, il vit Isma et le Deuxième Neutre apparaître au sommet de l'escalier, chuchotant entre eux et regardant dans la direction de Blade. Xeno, qui était assis, se leva.

Isma et le Deuxième Neutre s'avancèrent vers lui. Il dégaina sa courte épée. C'était d'une grande audace et il savait qu'il signait pratiquement son arrêt de mort, mais il dégaina quand même.

Isma s'arrêta, le Deuxième Neutre aussi. Personne ne parla. Le Deuxième Neutre tremblait, derrière la Grande-Prêtresse. Xeno, silencieux, l'épée au poing, s'efforçait de ne pas céder à la panique.

Isma le considéra longuement puis elle tourna les talons et disparut dans l'escalier avec le neutre.

CHAPITRE XIV

Xeno, obéissant à ses instructions, réveilla Blade aux premières lueurs froides du jour. Il lui raconta la visite d'Isma. Blade hocha la tête et alla à la balustrade tout en agrafant son manteau dans le vent du matin. Le nouveau climat de Tharn semblait se détériorer. Quand il atteignit la balustrade, une rafale de pluie glacée balaya la terrasse.

Les feux de camp des Pethcines formaient un immense croissant dans la plaine devant Urcit, un scintillement concave de lumière vacillante jaune et rouge s'étendant sur les deux flancs de fortins de Blade. Il compta plus de cent feux et se demanda s'ils représentaient réellement le nombre des troupes pethcines ou si Org, sur le conseil de Honcho, cherchait à tromper et impressionner. Org n'aurait jamais songé de lui-même à une telle ruse. Blade haussa ses larges épaules. Quelle importance ? La journée le dirait. Les dés étaient jetés, et sa vie comme sa fortune étaient en jeu.

Xeno partit réveiller et organiser l'état-major de neutres. Blade déjeuna et but un grand hanap de soka chaud. Puis il donna des ordres brefs et quitta le Palais avec Xeno pour aller inspecter ses lignes. Le jour se levait rapidement, un jour froid et humide sans soleil ; le vent et la pluie redoublaient de violence. Blade songea que le vent l'aiderait peut-être. A part cela, ce temps ne lui plaisait guère.

Au centre du fortin principal, un peu en retrait de l'endroit où les femmes se mettraient en ordre de bataille, Blade avait ordonné l'érection d'une haute plate-forme de balles de mani. Elle était en forme de pyramide et couronnée d'une seule grand balle. Il n'y avait de place que pour Blade, seul. Xeno et le reste de l'état-major devraient se tenir à un niveau inférieur.

Lorsqu'il fit suffisamment clair, Blade escalada la pyramide et contempla le camp des Pethcines. Les feux mouraient, certains fumaient et le vent d'est chassait cette fumée en écran sur les sombres rangées des guerriers barbares déjà assemblés. Blade compta les rangs, multiplia rapidement et sifflota tout bas. Mais il resta impassible. Les autres l'observaient. Huit mille hommes ! Sans compter les conducteurs de chars massés très loin à l'arrière.

Derrière le centre de la formation ennemie se dressaient les tentes de peaux d'Org et de ses officiers. Celle de Totha aussi, peut-être. Et certainement celle de Honcho. Et sous la tente de Honcho, Blade en était certain, il y avait Zulekia. Le neutre avait sûrement amené la jeune

Maiduke, pour faire pression sur Blade et s'assurer qu'il respecterait sa part du marché. Blade sourit, sombrement. Il comptait sur la présence de Zulekia. Et il n'avait pas la moindre intention de respecter le marché.

Il pouvait maintenant distinguer la tente du roi Org, un peu à l'écart, avec un étendard à la hampe plantée dans le sol, qui claquait au vent.

Org, Honcho et Totha sortirent de la tente sous les yeux de Blade. Ils étaient tous trois en armure. Totha vêtue d'un pectoral et d'une courte jupe de cuir tenait son casque sous le bras. Elle s'arrêta et regarda au loin, comme pour contempler Blade. Il agita le bras. Elle resta un moment immobile puis elle se tourna vers Org et Hocho et leur parla avec animation. Blade sourit. Il se demandait comment Honcho avait fait, comment le neutre avait circonvenu Totha. Il l'avait laissée toute prête à tuer le neutre, il avait été presque persuadé qu'elle le ferait. Mais non. Pourquoi ?

Une sonnerie de trompettes discordante retentit dans les rangs des Pethcines. Blade sourit encore une fois. C'était le commencement de la ruse, comme Honcho l'avait projetée. On parlementerait et Blade se soumettrait après une résistance de pure forme. Les termes de la reddition seraient très généreux. Blade et Isma continueraient de se partager le trône de Tharn. Sutha devrait disparaître et Honcho autoriserait une destruction miséricordieuse. Il serait alors nommé Roi des Neutres. Les Pethcines recevraient l'autorisation d'émigrer de la Gorge, de s'installer dans les plaines de Tharn et se verraient accorder un rang égal à celui du Peuple.

Plus tard, toujours selon le plan de Honcho, les Pethcines seraient divisés et détruits peu à peu. Et ensuite, extrapolait Blade, ce serait au tour d'Isma. Et au sien. Et Honcho règnerait seul sur Tharn. Son chirurgien ferait de lui un homme. La victoire. Les désirs du cœur exaucés.

Le sourire de Blade était aussi glacé que la pluie. Rêve donc, Honcho !

Les trompettes pethcines sonnèrent de nouveau. Org, flanqué de Totha et de Honcho, quitta les lignes et avança vers le fortin principal. Il n'avait pas de garde d'honneur. Tel était le plan. Ils feraient la moitié du chemin et attendraient Blade.

Blade sauta lestement de la pyramide de balles. Il donna un ordre à Xeno qui partit en courant vers la manufacture de teksine se trouvant derrière eux. Blade se coiffa de son casque, le grand panache noir flottant au vent, et avança par la poterne à la rencontre de l'ennemi. Au passage, il leva son épée pour saluer Isma et ses femmes qui avaient formé un grand carré. Elles répondirent en levant aussi leurs épées et en rugissant d'une seule voix :

— Blade ! Blade ! Blade !

Il leur sourit. Isma, au centre du carré entourée de ses Seigneurhommes, leva son glaive mais ne cria pas et ne sourit pas. Ses yeux sombres suivirent Blade quand il quitta le fortin.

Il alla seul à la rencontre des trois autres. A six pas d'eux il fit halte et salua de l'immense épée pethcine. Le roi Org, ses cheveux gras et crépus dépassant d'un casque de métal et de cuir, posa un regard fulgurant sur l'épée et sur Blade et gronda de sa voix gutturale et cruelle :

— Eh bien, Blade ? Tu nous trahis encore ? Ou vas-tu respecter l'accord que tu as pris avec Honcho ?

Ses petits yeux porcins passèrent sur la rangée de fortins et les lignes des céboïdes massées sur les flancs.

— Cela ne m'a pas l'air d'une reddition !

— Je suis d'accord, Org, riposta Blade avec un sourire glacial. Et ce n'en est pas une.

Org porta la main à son épée. Honcho lui retint le bras. Ses yeux verts examinèrent Blade.

— Tu ne serais sûrement pas assez fou pour nous trahir une seconde fois, Blade. Je t'ai montré ce qui arriverait. Elle est avec nous, tu sais. Sous la tente d'Org.

— Je m'en doutais. Et je ne te trahis pas, Honcho. Je n'ai jamais eu l'intention de respecter un accord pris avec toi, comme tu le sais certainement. Pas plus que je ne trahirai Urcit, ni moi-même. Si tu veux Urcit, et Tharn, et moi... il faudra nous prendre !

Il sentait peser sur lui le regard de Totha. Elle se tenait debout très à l'aise, mais ses profonds yeux bruns ne le quittaient pas un instant. Des flammes brûlaient au fond de ces yeux, qui donnèrent le frisson à Blade. Elle avait la bouche aussi écarlate, les dents aussi pointues que lorsqu'elle lui avait fait tant de choses dans la Gorge, et tant exigé de son corps. Son armure l'embellissait encore et sa peau d'ivoire patiné était plus sensuelle que jamais.

Elle parla :

— Tu me trahis aussi, Blade ! Tu as fait un mensonge de tout ce qui s'est passé entre nous !

Blade jeta un coup d'œil à Honcho.

— Je pourrais te rappeler une promesse que tu n'as pas tenue, Totha.

Il espérait semer la dissension mais Honcho éclata de rire.

— Me tuer, Blade ? Je ne t'aurais pas cru si fou. Totha, elle, ne l'est pas. Je n'ai eu aucun mal à lui faire comprendre où était son intérêt.

Totha cracha sur le sol.

— Tu désires une Maiduke, plus que moi, Blade ! Cette fille, Zulekia ! Honcho me l'a dit et au début j'ai refusé de le croire. Et puis j'ai parlé à la fille et je me suis aperçue que c'était vrai... elle te veut, Blade ! Et pour ça vous allez mourir tous les deux... Horriblement !

Honcho s'impatienta.

— Il suffit. Mais elle dit vrai, Blade. Réfléchis. Si tu ne te rends pas comme prévu nous passerons à l'attaque et vous vaincrons. La fille mourra d'abord, sous tes yeux. Vous mettrez longtemps à mourir, tous les deux, Blade. Si tu te rends maintenant, tout sera tel que je l'ai promis, je te le jure.

Totha cracha encore et lança rageusement à Honcho :

— Tu n'épargneras pas la fille ! Moi, je le jure ! La vie de Blade, peut-être, mais pas la fille !

Blade sourit au neutre.

— Tu vois. Tu fais des promesses que tu ne peux tenir.

Il parlait maintenant pour gagner du temps, pour attendre qu'il fasse plus clair, que le vent souffle plus fort. Xeno devait avoir transmis ses ordres aux servantes des catapultes sur le toit de la manufacture de teksine.

Les yeux verts de Honcho se rétrécirent tandis qu'il examinait Blade. Comme l'avait voulu Blade. Honcho se posait des questions sur l'Energie ! Pourquoi, maintenant que les Pethcines avaient pénétré dans le piège, n'invoquait-on pas l'Energie ? Où étaient les Tempêtes rouges et les magvoiles et les magrayons ? Et où était l'Energie de Honcho ? Blade le toisa d'un air moqueur. Honcho pouvait bien s'interroger. Et l'avantage était pour lui, Blade. Il savait ce qu'il allait faire. Honcho l'ignorait.

L'épée d'Org grinça en sortant du fourreau. Il la brandit. Ses petits yeux de porc luisaient de rage.

— Défends-toi, Blade ! contre moi ! un combat à mort. Nous déciderons de tout ça en combat singulier.

Blade répondit vivement :

— Avec joie, Org ! Avec joie.

Il n'en avait pas espéré autant. Mais Honcho et Totha bondirent sur Org, empoignèrent son bras armé et le forcèrent à abaisser son glaive. Honcho supplia. Totha injuria et maudit son père.

— Imbécile ! Gros porc imbécile ! C'est ce

qu'il veut ! Tu seras tué et notre peuple ne voudra pas combattre. Idiot ! Rengaine cette épée et écoute-moi avant de tout gâcher !

Blade vit sa chance lui échapper. Il remit lui-même son épée au fourreau et hocha la tête.

— Plus tard, Org, plus tard. Viens me chercher quand tu seras prêt.

Il leur tourna le dos et repartit à grands pas vers le fortin. Il ne se retourna qu'une fois. Totha et Honcho discutaient âprement avec Org et le traînaient vers les lignes des Pethcines.

Maintenant tout pouvait commencer.

Blade alla droit à la pyramide de balles. Il l'escalada et fit un signe à Xeno. A son tour, Xeno lança un signal. Les catapultes sur le toit de la manufacture entrèrent en action, tirant des flèches enflammées sur les tentes de l'ennemi.

Souishhhh, souishhh, souishhh...

On avait obéi aux ordres. Les flèches enflammées enduites d'huile de teksine décrivirent une haute parabole au-dessus des fortins, tirées dans le vent de manière que les tentes de l'aile gauche d'Org prennent feu en premier. Le vent d'est ferait le reste.

La première salve fut trop courte. Blade gesticula, les catapultes reculèrent pour obtenir une plus grande élévation. Blade entendait les Porteuses chanter et crier tout en travaillant. Il secoua la tête en souriant. Pour elles, toute cette affaire n'était qu'un festival.

La deuxième salve tomba parmi les tentes grossières. Chacune, en frappant, répandait son huile de teksine flambante. Chaque tente à son tour devint un brasier et une épaisse fumée noire s'en dégagea. Blade n'espérait pas grand-chose de cette manœuvre, mais elle provoquerait une certaine panique, et distrairait une partie des troupes d'Org qui se précipiteraient pour sauver leurs paquetages.

Il gardait les yeux rivés sur la tente d'Org. Enfin, il la vit. Zulekia. Elle avait le torse nu, ses magnifiques cheveux flamboyant dans la lueur des brasiers, son ravissant visage impassible tandis que deux guerriers la traînaient hors de la tente. Elle ne portait qu'une espèce de pagne en peau de bête.

Totha s'approcha d'elle et la gifla. Zulekia se redressa fièrement et Blade eut l'impression qu'elle regardait de son côté. Et puis un écran de fumée cacha la scène. Quand elle se dissipa, Zulekia avait été jetée à terre, bras et jambes écartés maintenus par des guerriers. Honcho lançait des ordres. Quatre des chevaux des chars furent amenés.

Du coin de l'œil, Blade vit Isma bondir sur la pyramide pour le rejoindre. Il se prépara au pire.

Au début, Isma ne dit rien. A côté de lui, elle regarda tandis que l'on attachait les poignets et les chevilles de Zulekia aux quatre chevaux, avec de longues courroies tressées. Honcho donnait les ordres. Un guerrier pethcine se tenait à la bride de chacun des chevaux, prêt à le fouetter. Blade ne pensait pas que Honcho donnerait immédiatement l'ordre. Il rusait encore. Il ne la tuerait pas tout de suite. Si les choses tournaient mal, il aurait encore besoin de la Maiduke comme monnaie d'échange. Du moins Blade le pensait. Cependant, il éprouva un instant de crainte. Les chevaux, ce devait être l'idée de Totha. Cette fille était un démon sous forme à peine humaine.

A côté de lui, Isma respirait bruyamment. Son odeur de femme mêlée à la sueur qui ruisselait sous son armure était plus forte.

— Qui est la Maiduke, Blade ? demanda-t-elle.

Il haussa les épaules, sans la regarder.

— Je crois qu'elle s'appelle Zulekia. Tout ce que j'en sais, c'est ce que Sutha m'a raconté. Il l'a envoyée à Honcho pour y être punie parce qu'elle est karno, et Sutha en a fait son espionne. Honcho a dû le découvrir et maintenant il va la châtier. Il pense peut-être que cela nous fera peur, de la voir écartelée par les chevaux.

— Alors qu'attend-il ?

Sa voix avait un timbre étrange, un peu étranglé et Blade lui jeta un coup d'œil. Elle regardait fixement Zulekia et les chevaux, les yeux sombres luisants, la bouche écarlate entrouverte. Blade vit un filet de salive couler du coin de ses lèvres. Il se détourna.

— Pourquoi ne la déchirent-ils pas ? reprit Isma.

— Honcho doit avoir ses raisons. Retourne auprès de tes femmes, Isma. L'assaut va être donné d'un instant à l'autre. Et prends soin d'obéir avec précision à mes ordres à mesure que tu les recevras.

Isma passa le bout de sa langue sur ses lèvres. Elle le regarda d'un air boudeur.

— Oui, Seigneur Blade ! Mais je ne comprends pas. Pourquoi ne nous retranchons-nous pas dans Urcit, pour détruire les Pethcines avec l'Energie ? Je ne vois pas du tout ce que tu attends.

Blade gronda :

— Je n'ai pas à expliquer mes ordres. Même à toi. Va, Isma, et fait ce que je t'ai dit.

Elle marmonna mais le laissa. Il la vit rejoindre les femmes et la petite troupe minable des Seigneurhommes. Il eut un rire sans joie. Maintenant, il lui faudrait avoir des yeux dans le dos. Et faire confiance à Sutha.

La plupart des tentes avaient été incendiées, à présent. Les Pethcines ne s'en occupaient pas. Ils se formaient en une longue double rangée de guerriers vêtus de peaux de bêtes, coiffés de bonnets pointus et portant chacun un bouclier, une épée et une longue lance. Plusieurs pelotons d'archers étaient déployés devant la formation, sur chaque flanc. Les trompettes sonnèrent et le son cuivré se répercuta. Des Pethcines se mirent à courir fébrilement en tous sens. Blade hocha la tête avec satisfaction. Tout laissait prévoir une attaque de front.

Il chercha anxieusement les chars de combat et les aperçut qui se mettaient en formation sur l'arrière, sans hâte. Pour le moment, Org les gardait en réserve et Blade respira un peu plus à l'aise. Il savait que ses flancs de céboïdes ne résisteraient pas à une charge des chars.

Les catapultes ne lançaient plus de flèches enflammées. Blade donna un autre signal, transmis par le vigilant Xeno, et le son des catapultes changea, devint plus grave tandis qu'elles projetaient maintenant d'énormes blocs de teksine sur les rangs ennemis.

Ouannnnggggg... Ouannnngggggg... Ouannngggg...

Un des projectiles de teksine frappa, rebondit et faucha une file de Pethcines, laissant derrière lui des chairs déchiquetées. Des cris de terreur et de douleur montèrent des rangs ennemis mais ils se reformèrent aussitôt. Org marchait de long en large devant ses hommes en brandissant son glaive et en les exhortant. Un boulet de teksine tomba à deux pas de lui et il ne parut même pas le remarquer. Blade approuva à contrecœur. Org était un barbare, un sauvage, mais il ne manquait pas de bravoure.

La pluie s'était calmée. Le vent fraîchissait et faisait claquer à l'horizontale les étendards des Pethcines. Un dernier coup de trompette et puis, comme si les deux armées reprenaient haleine, il y eut une petite île de silence dans le tumulte.

Blade dégaina la grande épée. Dressé sur la pyramide de balles, dominant tout le monde, il la brandit en menaçant les rangs pethcines. Sa voix de baryton rugit dans le vent :

— Voilà votre glaive, Pethcines ! Venez me le prendre !

CHAPITRE XV

Org effectua une feinte habile. Les Pethcines, poussant leurs cris de guerre, se précipitèrent au pas de charge et s'arrêtèrent brusquement, pour faire demi-tour et reculer vivement. Les catapultes de Blade, abaissées, déversèrent une grêle de flèches et de sacs de mitraille de teksine sur l'emplacement maintenant dégagé. Blade jura. Une perte de munitions, et il n'en avait guère ! Il hurla aux archers de ne pas tirer. Il voulait que les Pethcines gaspillent leurs flèches, mais il tenait à conserver les siennes.

Org envoya alors ses céboïdes, ou ceux de Honcho, pour attaquer en tenaille sur les deux flancs. Blade reconnut la manœuvre. Org, tout comme lui, était prêt à sacrifier ses céboïdes.

Blade envoya la moitié des Seigneurhommes soutenir les officiers céboïdes qui, de leur côté, soutenaient les neutres armés de fouets. Il vit qu'Isma protestait, mais les Seigneurhommes se formèrent, pivotèrent et partirent au pas cadencé. Blade serrait les dents.

L'escarmouche des céboïdes fut brève et sanglante. Les bêtes de Honcho se ruèrent en poussant des grognements et des hurlements, agitant leurs épées. Blade retint le tir des catapultes, bien qu'un feu de flanc eût été redoutable, parce qu'il n'avait pas de flèches ni d'obus de teksine à gaspiller sur des céboïdes.

Il surveillait les chars de combat. Ils étaient toujours massés sur l'arrière. Zulekia était toujours écartelée entre les chevaux piaffants. Honcho se tenait tout près, les bras croisés, contemplant la bataille. Pendant un moment Org et Totha disparurent et puis, alors qu'il allait reporter son attention sur les céboïdes, Blade la vit courir vers les chars.

Les céboïdes de Blade résistaient parce qu'il avait eu la prévoyance de placer des officiers céboïdes derrière les neutres. Plusieurs neutres tentèrent de fuir, pris de panique, mais les officiers les décimèrent en hurlant de joie. Blade savait bien que d'anciens comptes étaient réglés là.

Les neutres de Honcho, eux, n'avaient personne derrière eux. Ils fouettèrent leurs céboïdes pour les faire avancer, mais comme la ligne de Blade tenait bon et que la mêlée se scindait en d'innombrables combats singuliers — quand ils le pouvaient, les céboïdes négligeaient leurs armes et attaquaient des crocs et des griffes — les neutres de Honcho désespérèrent et commencèrent à battre en retraite. Blade fit alors un signe et les catapultes entrèrent de nouveau en action. Elles projetèrent de la mitraille et des flèches de guerre longues de deux mètres qui embrochaient quatre ou cinq neutres à la fois. Les autres, terrifiés, jetèrent leurs fouets et s'enfuirent.

Sans les fouetteurs pour les pousser, les céboïdes de Honcho rompirent aussi les rangs et prirent la fuite à leur tour. Ce fut bientôt terminé. Les céboïdes de Blade étaient maîtres du terrain. Ils se mirent à arracher à grands coups de crocs la gorge des blessés, neutres et céboïdes.

Il y eut une nouvelle sonnerie de trompettes quand l'attaque de flanc fut repoussée. Cette fois, les rangs des Pethcines avancèrent posément, marchant au pas, au son d'un grossier tambour de peau.

Blade envoya ses archers sur les remparts des fortins. Ils commencèrent à faire pleuvoir une grêle mortelle sur les Pethcines qui avançaient toujours. Cela ne les ralentit pas. Org était à leur tête et Blade donna l'ordre à l'une des catapultes et à un peloton d'archers de concentrer leur tir sur le roi des Pethcines. Org continua d'avancer sous une pluie de flèches, sans être touché.

Les archers — Blade employait un mélange de neutres de niveau élevé et de Maidukes — étaient meilleurs qu'il n'avait osé l'espérer. Leur tir était assez précis et les rangs des barbares étaient déjà sérieusement entamés quand ils atteignirent le glacis et commencèrent à monter. Le premier rang s'emmêla dans les pieux et dans le filet de teksine, et s'arrêta pour tenter de se dégager, mais derrière eux les autres arrivaient, et poussaient, déferlant comme des vagues sur une côte hostile.

Blade hurla un ordre à Xeno, qui fit un signe prévu d'avance. Les Maidukes armées de quelques sarbacanes à air comprimé se mirent rapidement en position et décochèrent leurs traits sur les sauvages emmêlés. Le tir de flèches se poursuivait. Les catapultes, complètement abaissées, faisaient entendre leur tchack-tchack-tchack régulier en décochant des volées de flèches et des salves de sacs de mitraille et de blocs de teksine dans les rangs des Pethcines empêtrés dans les filets et entre les pieux. Et malgré tout d'autres avançaient toujours, vague après vague, pour venir mourir là.

Blade, enchanté, se frotta les mains. Son plan de bataille marchait à merveille. Il jeta un coup d'œil vers les chars de combat à l'arrière. Ils commençaient à avancer. Ils n'attaquaient pas encore mais ils se mettaient en position au bout de la plaine.

Un coursier haletant arriva, de la part d'Isma. Pouvait-elle opérer une sortie sur le glacis ? Mettre en pièce les Pethcines pris au piège ?

Blade examina la situation. Il y avait encore quatre rangs de Pethcines qui n'étaient pas encore engagés. Il renvoya sa réponse. Non. Mais il ajouta :

— Dis à Isma d'envoyer les Seigneurhommes, si elle veut.

C'était l'occasion de se débarrasser d'une partie de sa garde. Les Pethcines les dévoreraient tout vifs.

Isma n'obéit qu'à demi. Blade la vit former ses Seigneurhommes et les envoyer en hurlant sur le glacis, mais elle avait pris leur tête. Ses 927 restèrent sur place, formant le carré, mais elles commençaient à protester.

Org et une cinquantaine de ses hommes avaient réussi à franchir le barrage de pieux et de fils de teksine et remontaient vers les fortins. Ils se heurtèrent à la charge d'Isma et de ses Seigneurhommes, en poussant de féroces cris de joie. Là, enfin, leurs épées trouvaient de la bonne chair rouge.

Ce fut pitoyable. Un massacre. L'épée d'Org était un tourbillon scintillant qui abattait les Seigneurhommes et les fauchait comme des blés, tailladant les minces armures de parade, faisant sauter des têtes comme des bilboquets. Ses hommes l'imitaient en poussant des hurlements de joie sauvage.

Les Seigneurhommes mouraient les uns après les autres. Isma, qui se défendait avec plus d'adresse que Blade ne lui aurait attribuée, commença à rompre et à reculer sur le glacis. Org, après avoir tranché une tête et transpercé un ventre, brandit son épée sanglante et la prit en chasse. Blade sauta de la pyramide et se mit à courir, la grande épée au poing. Il ne voulait pas voir Isma mourir ainsi. Pas à cause de sa propre traîtrise calculée. Les Seigneurhommes, oui, car ils ne valaient rien. Pas Isma. Il ne savait pas si les femmes se battraient bien, sans elle.

Isma et deux Seigneurhommes atteignirent la poterne. Là, ils durent faire face et se défendre contre Org et une demi-douzaine de ses hommes. Il y eut une certaine agitation chez les femmes formées en carré, mais elles ne bougèrent pas et attendirent.

Org avait choisi Isma comme proie personnelle. Il bondit sur elle en hurlant à la mort, le casque de travers, la figure luisant de sueur et de sang. Isma riposta. Org contra, la garde de leurs épées se heurta, les armes s'accrochèrent et d'une torsion de son poignet puissant, Org la désarma. Il montra ses chicots dans une grimace de triomphe horrible et s'apprêta à transpercer Isma en plein cœur. Blade courait à perdre haleine mais il était encore à vingt pas.

Un Pethcine agonisant, criblé de flèches comme une pelote à épingles, chancela entre les combattants en vomissant du sang. Il tenta de se retenir à Org et le glaive d'Org le transperça à la place d'Isma. Org jura, repoussa l'homme et repartit à l'assaut à l'instant où Blade arrivait.

L'immense épée des Pethcines était une extension du bras de Blade, elle faisait partie de lui-même. Il para le coup d'Org, repoussa Isma derrière lui hors de danger, et d'un revers de poignet trancha le casque du roi. Org grogna et recula de deux pas en levant son bouclier. Blade le coupa en deux. Org poussa un rugissement de rage et bondit sur Blade, inconsidérément, en abaissant sa garde. Blade l'aurait tué à ce moment mais un autre Pethcine, voyant son roi en péril, se précipita entre eux. Blade ne put retenir son mouvement et son épée transperça l'homme de part en part. Elle resta prise dans le corps de l'agonisant qui se débattait encore et menaçait d'arracher le glaive à la poigne de Blade. Les pierreries glissaient dans sa main, toutes poisseuses de sang. Il appuya un pied sur la poitrine du mort pour le dégager de la lame. Org, voyant une ouverture, lança un ordre et quatre guerriers se ruèrent à l'assaut.

Blade dégagea son épée juste à temps. La lame scintilla en tournoyant comme une chose vivante tandis que Blade rompait lentement. Un des Pethcines tenta de passer derrière lui. Il fit un bond en arrière, feinta au ventre et trancha la gorge de l'homme. D'un coup de pied, Blade l'envoya rouler devant les autres barbares qui lui tombèrent dessus. Il en décapita un, puis d'un coup de pointe il perça la cuirasse d'un autre. Encore une fois, l'épée fut retenue par la chair, le métal, le cuir. Org balançait maintenant une masse d'armes, une boule hérissée de pointes de fer au bout d'une chaîne. Il la fit tournoyer vers Blade et la boule cabossa son casque. Des étincelles jaillirent. Le choc faillit jeter Blade à terre, mais il réussit à éviter le retour de la boule et fit de nouveau face à Org. Le roi n'attaquait plus. Il avait tourné la tête, il hurlait des ordres à ses hommes, il les chassait du glacis. Pendant un instant, Blade ne comprit pas. Et puis il fut frappé par derrière, débordé par la phalange serrée des femmes. Les 927 d'Isma poursuivaient l'ennemi. Elle avait désobéi et engagé ses guerrières. Blade ne pouvait plus rien y faire.

Il fut repoussé par la charge des femmes hurlantes. S'il était tombé, il aurait été piétiné à mort. Il lança un ordre, d'une voix rauque, pour essayer de les retenir en sachant que c'était inutile. Les femmes étaient animées d'une soif de sang frénétique.

Blade haletait. Il avait reçu plusieurs blessures

sans gravité, il saignait, il transpirait, son armure était cabossée, son casque aussi. Il se serait volontiers reposé quelques minutes, mais ce n'était pas possible. La désobéissance d'Isma avait mis en péril tout son plan de bataille.

Xeno apparut à côté de Blade. Il allait lui donner des ordres quand une nouvelle catastrophe se produisit. Les catapultes étaient de nouveau entrées en action, faisant pleuvoir des flèches, des boulets, des blocs et du feu sur la bataille qui se déroulait maintenant dans la plaine. Isma avait réussi à remettre ses femmes en carré et repoussait les barbares, mais la grêle mortelle des catapultes semait maintenant la mort sur le carré.

Blade envoya Xeno arrêter les catapultes et rejoignit Isma. Il y avait encore une chance, s'il pouvait ramener les femmes dans le fortin. Serrant les dents, il joua des coudes dans les rangs serrés. Un nouveau tir de barrage des catapultes tomba sur le carré. A côté de Blade, une seule flèche étripa trois femmes. Elles tombèrent en hurlant, étrangement réunies dans la mort. Un énorme bloc de teksine en faucha quatre autres et les déchiqueta. Blade continua d'avancer farouchement, de plus en plus alarmé. Isma avait mal formé son carré. Il était trop serré.

Enfin il la rejoignit. Elle était entourée de ce qui restait des Seigneurhommes, une poignée à peine, terrifiés, qui n'avaient plus aucune envie de se battre.

Il n'en allait pas de même pour Isma. Au centre du carré, elle s'appuyait sur une lance, son épée sanglante au côté. Elle avait perdu son casque et ses longs cheveux noirs souillés de terre et de sang tombaient en désordre sur ses épaules. Son corselet avait été fendu d'un coup d'épée et un de ses seins en jaillissait, saignant d'une longue estafilade. En voyant Blade elle le regarda d'un air énigmatique et lui sourit froidement.

— Tu vois, mon Seigneur Blade, comme mon peuple sait se battre ! Bientôt nous aurons détruit cette horde barbare !

Il serra les dents et secoua la tête.

— Pas de cette façon, Isma. Nous devons regagner le fortin. Vite ! Tant que nous le pouvons. De cette façon-là, nous jouons le jeu d'Org.

Une nouvelle salve de mitraille de teksine s'abattit sur le carré. Un Seigneurhomme hurla et s'écroula, la figure emportée.

— Jamais, Blade ! Je reste ici. Ici, nous nous battrons. Ici nous vaincrons ou nous mourrons !

Org n'avait pas encore jeté le gros de ses réserves dans la mêlée. Ses archers, le peu qu'il en restait, tiraient vaguement sur le carré mais provoquaient bien moins de dégâts que les catapultes. Les chars de combat s'étaient éloignés sur la gauche et attendaient, en formation de croissant. Blade enregistra la situation en une fraction de seconde et tira ses plans. Ils avaient encore une chance.

Il tendit le bras vers un endroit où une demi-douzaine de femmes mortes ou blessées avaient été traînées parmi les rangs des Pethcines, et où elles étaient violées. Ce n'était pas systématique, il n'y avait pas d'ordre et Org, s'il l'avait remarqué, ne semblait pas se soucier de ce manquement à la discipline. Les femmes avaient été dépouillées de leur armure et gisaient entièrement nues sur la plaine. Certaines vivaient encore et tentaient de se débattre, d'autres étaient manifestement mortes. Les Pethcines s'en moquaient. Ils lâchaient leurs armes et enfourchaient les blessés comme les cadavres, prenaient leur plaisir rapidement, ramassaient leurs armes et repartaient au combat. Les hurlements des femmes encore vivantes couvraient parfois le fracas de la bataille.

Blade les désigna de son épée.

— Voilà ce qui va t'arriver, Isma, et à tout ton peuple si tu ne m'obéis pas.

Elle le foudroya du regard.

— Jamais ! Rien ne peut me vaincre ! Je suis Isma, Grande-Prêtresse de Tharn !

Il était inutile de discuter, Blade le savait. Elle ne se laisserait pas convaincre. Il fallait employer la force.

Il lui saisit le bras. Elle tenta de se dégager mais il la serra de toute sa force, si douloureusement qu'elle aurait crié si elle n'avait été aussi farouchement orgueilleuse. Un des Seigneur-hommes, plus hardi que les autres, voulut s'interposer. Blade le regarda. Il battit en retraite.

— C'est bon, grinça Blade, nous combattrons à ta façon, Isma. Et que les dieux aient pitié de nous. Regarde. Tu vois ?

Il lui lâcha le bras. Elle suivit la direction de son regard. Org avait fait passer une colonne de Pethcines derrière eux, coupant la retraite au carré.

Blade haussa les épaules.

— Trop tard. Nous nous défendrons ici. Mais écoute-moi, écoute-moi bien et nous aurons peut-être encore une chance.

Isma, fine comme le sont les femmes, l'écouta. Elle avait eu gain de cause... et elle savait que Blade était bon stratège.

Il fit écarter les rangs du carré. Il en forma six, détachant les Seigneurhommes et les envoyant en première ligne, restant lui-même avec Isma au centre. Le tir des catapultes avait cessé et il en fut reconnaissant, mais il ne voyait plus Xeno. Les céboïdes s'étaient reformés sur les flancs et attendaient de nouveaux ordres. Des morts et des mourants jonchaient le glacis. La colonne d'Org, une fois en position pour les couper du fortin, s'était arrêtée et attendait aussi. Blade remarqua qu'il y avait dans leurs rangs de nombreux blessés. Il ne pensait pas qu'ils passeraient à l'attaque. Org commençait à manquer d'hommes et se servait de ses blessés comme d'un bouchon, pour empêcher la fuite de Blade.

Le vent était tombé, la pluie avait cessé. Des rayons de soleil pâles perçaient la masse des nuages et faisaient briller les étendards des Pethcines. Et le grand assaut tardait toujours.

Isma se mordit la lèvre et regarda Blade.

— Qu'attendent-ils ? Ce sont donc des lâches ? Ils ont peur ?

— Pas Org. Patience. Ils viendront quand ils seront prêts.

Il donna des ordres et fit ériger une plateforme avec des cadavres, pour avoir une vue d'ensemble de la bataille. Il voulait savoir où était Zulekia... et Honcho.

Quatre corps dans un sens, quatre dans l'autre, puis une autre couche de mortes et de Seigneur-hommes, encore deux, et il eut sa plate-forme. Il y bondit et se tourna vers les tentes des Pethcines. Ce qu'il vit l'encouragea un peu. Il pariait que Honcho, pour se sauver lui-même chercherait à sauver la jeune Maiduke au cas où Org serait vaincu. Ensuite, il chercherait à parlementer.

Jusque là, la chance avait souri. Les chevaux et leurs conducteurs étaient partis, jetés probablement dans la bataille, et Zulekia était ligotée à un poteau. Honcho, une main en auvent sur les yeux, allait et venait anxieusement. Blade sourit froidement. Honcho était soucieux ! Il ne savait pas quand Blade et Sutha rétabliraient l'Energie. Jusqu'à ce moment, Honcho lui-même ne pouvait avoir recours à sa technique et à ses tours. Si Blade ne rebranchait pas l'Energie, et maintenant le neutre devait le soupçonner, alors les Pethcines devaient être vainqueurs sinon il aurait de graves ennuis.

Blade, regardant au-dessus de la plaine jonchée de morts, croyait presque lire les pensées de Honcho.

Il vit Org sortir des rangs et porter à ses lèvres une petite corne. Le roi avait trouvé une nouvelle cuirasse et un autre casque, et portait un bouclier intact. Il paraissait aussi gros et aussi farouche, et ne semblait même pas fatigué. Blade ne put se défendre d'une certaine admiration pour son ennemi. Barbare, sauvage peut-être, mais guerrier remarquable. Il vit Org souffler dans sa corne et se demanda ce que cela signifiait. Pourquoi cette corne, au lieu des trompettes ?

Un instant plus tard il comprit. Org jouait un petit air aigu, rapide, quatre notes répétées. Immédiatement, les Pethcines massés se séparèrent et se reformèrent. Blade jura. Ils allaient attaquer le carré sur trois côtés à la fois. Il se retourna vers le glacis. La colonne d'Org, placée pour interdire toute retraite, ne bougeait pas. Elle s'était formée en deux lignes, la première un genou en terre et armée de longues lances, l'autre à trois pas avec des épées et un petit contingent d'archers. Blade savait qu'ils attendraient que le carré commence à se rompre et abattraient tout ce qui chercherait à fuir vers le fortin. Org entendait cette fois ne rien laisser au hasard.

Org joua un air différent. Totha, qui commandait les chars de combat, avança un peu derrière le centre de l'armée d'Org, en conservant la formation en tenaille. Blade sauta de la plate-forme de cadavres et hurla un ordre à Isma. Elle comprit, et le transmit à ses femmes officiers.

Xeno surgit soudain et tira Blade par son ceinturon. Il se prosterna.

— Tu as mis assez longtemps ! gronda Blade.

Xeno referma une main sur la chaîne que lui avait donnée Blade, comme si son Seigneur voulait la lui arracher, et répondit :

— C'était très difficile, Seigneur Blade. Aux catapultes, elles ne voulaient pas obéir, elles refusaient d'arrêter leur tir. J'ai dû appeler des neutres armés de fouets. Les Porteuses avaient perdu la raison et elles ne se souciaient plus de qui elles tuaient.

Blade hocha la tête et prit l'épaule de Xeno. La fureur guerrière prend parfois des formes étranges.

— Tu as fait de ton mieux. Maintenant ne me quittes plus. Tu as compris ?

— J'ai compris, Seigneur Blade.

Et maintenant il n'y avait plus de temps. Les trompettes sonnèrent leurs appels cuivrés et les hordes de Pethcines se ruèrent pour l'assaut final. Blade les regarda avancer non sans frémissement, énivré par le triomphe. Il les avait saignés à blanc ! Il ne devait plus y avoir que deux mille guerriers à peine. A présent, si Isma et ses femmes lui obéissaient, pour une fois, et exécutaient bien ses ordres... et si les chars de Totha pouvaient être repoussés...

Org sonna encore de sa petite corne et les barbares se mirent à courir au pas de charge en hurlant de sanglantes menaces. Ils arrivaient sur trois côtés, et les trompettes sonnaient maintenant sans arrêt. Une tactique de terreur.

Blade brandit son immense épée et la fit tournoyer, en criant à ses troupes :

— Résistez. Tenez bon et rappelez-vous vos ordres. Et surtout, obéissez aux commandements qui vous sont donnés !

Il ne pouvait qu'espérer.

Xeno tendit à Blade une hampe portant une longue oriflamme. Il l'agita au-dessus de sa tête. Les servantes des catapultes virent le signal et se remirent à tirer. Cette fois elles visaient juste et les machines reprirent leur tchack-tchack-tchack régulier tandis que les projectiles hachaient les rangs des Pethcines. A mesure que les premières lignes tombaient, Org poussait de nouveaux hommes pour boucher les trous.

Blade donna un nouveau signal et le tir des archers et des Maidukes armées de sarbacanes à air comprimé commença sur les flancs et du haut des plus petits fortins.

Org avait bien calculé. L'attaque tomba sur le carré, simultanément, sur les trois côtés. Le fracas était indescriptible, assourdissant, une cacophonie de cris de douleur et de haine, un hurlement de démons déchaînés. Les femmes glapissaient un chant de guerre. Les Pethcines hurlaient comme des loups en plongeant dans le carré.

Org, fer de lance des barbares, pénétra dans les rangs des femmes. Ce fut la seule percée. Le carré se refermait et tenait bon tandis que les Pethcines, percés de flèches, de lances et de coups d'épée s'entassaient et bloquaient le passage aux guerriers qui les suivaient. Mais Org avait pratiqué une mortelle enclave dans les Tharniens, mortelle si elle n'était pas immédiatement colmatée. Blade se précipita.

Leurs épées brillèrent et tintèrent, pointe et tierce, parade et contre. Org, la barbe trempée de sang, ses yeux porcins rougis dans un masque de rage poussa un rugissement rauque quand les gardes des armes s'entrechoquèrent.

— Toi, encore, Seigneur Mazda ! Ah, ah ! oh, oh ! Blade, le traître qui se fait appeler Mazda !

Moi, Org, je vais te montrer qui est un dieu !

Pendant quelques instants la férocité de son assaut repoussa Blade. Blade le harcela avec des mots.

— Où est Totha ? Où est ta putain de fille, Org ? J'aimerais coucher une dernière fois avec elle, avant de la livrer à mes céboïdes...

Il se mit à presser furieusement Org, l'immense épée dansant comme une rapière, comme une langue d'acier, blessant Org à l'épaule, à la cuisse, au bras. Org recula. La plupart de ses hommes étaient tombés et les Tharniennes se refermaient pour boucher la brèche.

Blade trancha la moitié de la barbe d'Org.

— Tu n'aurais pas dû écouter Honcho. Regarde où il t'a mené ! Tu es vaincu par des femmes !

C'en fut trop pour le barbare. Il aurait pu reculer, se dégager, échapper au carré, mais il poussa un rugissement effroyable et bondit sur Blade. Tous ses hommes étaient tombés, à présent, et le carré se ferma derrière lui.

Blade para le premier coup puis il frappa. La main d'Org, encore crispée sur l'épée, s'envola dans les airs. Org hurla et regarda son moignon. Mais avant que Blade puisse frapper de nouveau il s'empara, de la main gauche, de l'épée d'un des derniers Seigneurhommes. Et il se rua de nouveau sur Blade, agitant son bras coupé comme un drapeau sanglant.

Blade fit un pas en arrière et tint sa grande épée à l'horizontale, devant lui. Dans sa rage aveugle, Org s'y précipita. Elle lui perça la poitrine et ressortit au milieu de son dos. Org, valeureux jusqu'à la fin, continua de se pousser jusqu'à la garde et, agonisant, il tenta de cracher à la figure de Blade.

Blade abaissa la lame et laissa le roi des Pethcines en glisser. Isma l'observait, et Xeno, et toutes les guerrières. Sur le périmètre du carré la bataille continuait de faire rage. Les Pethcines ignoraient encore la mort de leur roi.

Blade trancha la tête d'Org et la planta sur la pointe de l'immense épée. Puis il bondit sur sa plate-forme de cadavres en brandissant la tête ruisselante de sang.

— Pethcines ! hurla-t-il de toute la puissance de ses poumons pour se faire entendre dans le fracas. Voilà votre roi !

Le résultat se fit attendre mais au bout d'un moment, tandis que des Pethcines de plus en plus nombreux apercevaient les yeux fixes de leur roi dont le sang coulait encore le long de la longue lame, les clameurs et le tumulte commencèrent à s'apaiser. Les barbares de l'arrière, ceux qui n'étaient pas encore engagés dans la bataille, se mirent à crier leur douleur. Les premiers rangs, si féroces une minute plus tôt, commencèrent à reculer.

Blade lança un ordre à Xeno :

— Fais signe aux catapultes ! Elles doivent tirer toutes leurs munitions maintenant. Tout ! Jusqu'à la dernière flèche !

Blade se haussa sur la pointe des pieds et brandit la tête d'Org vers Totha, qui attendait toujours dans la plaine avec ses chars. Totha était impulsive, une vraie sauvageonne. Mais mordrait-elle à l'hameçon ?

Elle y mordit. Blade la vit crier quelque chose au conducteur assis à côté d'elle. Puis elle se leva, porta une corne à ses lèvres et sonna un signal. Le croissant de chars de combat commença d'avancer, prenant lentement de l'élan. Blade, riant férocement, cria à Isma :

— Fais rompre le carré ! Déployez-vous, déployez-vous ! Sur deux rangs ! Vous connaissez toutes la manœuvre, mais attendez, attendez que je donne l'ordre !

Les Tharniennes rompirent le carré et commencèrent à se déployer sur deux rangées étirées. Il en restait moins de cinq cents. Blade était partout pour féliciter, cajoler, menacer, jurer, mettre de l'ordre dans les rangs. La victoire était à portée de la main, à présent. Il la sentait. Si seulement Totha, ivre de vengeance, amenait ses chars dans la nasse...

Totha était à l'avant-garde quand les chars armés de faux foncèrent sur les rangs des femmes. Chacun transportait le conducteur et un guerrier. Tandis que les chevaux galopaient, les guerriers commencèrent à faire pleuvoir une grêle de flèches sur les lignes tharniennes et quelques femmes tombèrent. Blade, Xeno à son côté, se tenait un peu en arrière de son flanc droit. Isma, avec le peu qui restait de sa garde d'honneur, occupait la même position sur le flanc gauche.

Cinquante mètres. Les conducteurs fouettaient les chevaux. Ils forcèrent leur galop, la crinière au vent, les yeux fous, les sabots martelant la terre ensanglantée. Les conducteurs et les guerriers glapissaient des cris de guerre. La ligne tharnienne attendait en silence, comme Blade l'avait ordonné. Les femmes devaient pouvoir l'entendre quand il donnerait le signal.

Vingt-cinq mètres. Blade se rapprocha de la ligne et glissa son épée sous son bras gauche. Il porta les mains en cornet à sa bouche.

Dix mètres. Cinq. Blade aspira à pleins poumons. Une roue se détacha d'un des chars et tournoya en l'air avant de venir rebondir vers lui. Les chevaux, le char et ses occupants s'écroulèrent en un tas hurlant et sanglant.

— Allez-y ! hurla Blade. Allez !

La ligne tharnienne se sépara, les guerrières se dispersèrent sur la droite et la gauche, laissant une grande brèche au milieu pour le passage des chars. Celles qui n'avaient pas été assez lestes se jetèrent au sol sous les faux scintillantes et certaines se relevèrent sans mal. Cependant, il y eut beaucoup de pertes. Certaines femmes trop hésitantes perdirent les deux jambes, tranchées au-dessus des genoux. D'autres tombèrent sur les faux et furent déchiquetées ou étripées. Mais dans une large mesure la manœuvre fut réussie.

Blade lança un nouvel ordre, les mains en porte-voix.

— Demi-tour ! Chargez !

Il aurait pu s'épargner cette peine. Les femmes savaient ce qu'elles devaient faire et elles s'y appliquèrent en poussant des cris de rage et de triomphe. Comme Blade, elles sentaient l'odeur de la victoire.

Même alors, Totha aurait pu renverser la situation si elle avait gardé la tête froide et donné l'ordre indispensable, montré le bon exemple. Elle aurait pu fouetter ses chevaux et continuer sur sa lancée pour faucher les céboïdes qui se refermaient à présent sur les flancs et faire demi-tour pour un nouvel assaut. Ou bien elle aurait pu battre en retraite. Elle ne fit ni l'un ni l'autre. Elle ordonna à son conducteur d'arrêter les chevaux et de charger de nouveau directement sur les Tharniennes. Les autres chars de guerre lui obéirent et firent de même. C'était fatal, comme Blade l'avait espéré. Avant que les chars puissent faire demi-tour et reprendre leur élan, ils furent submergés par les Tharniennes, dont certaines avaient reçu l'ordre de couper les jarrets des chevaux. Elles respectèrent leur consigne avec efficacité, furieusement. Les pauvres bêtes s'abattirent l'une après l'autre, renversant les chars, entraînant guerriers et conducteurs dans une mêlée hurlante et grouillante. Des hommes furent égorgés, mis en pièces à coups de lances et d'épées. Les guerriers se défendirent vaillamment mais n'eurent guère plus de chance que les conducteurs désarmés. Ils n'avaient pas l'habitude de combattre à pied et ils étaient dépassés par le nombre de femmes qui se ruaient sur eux comme autant de Furies vengeresses.

Blade observait Totha. Elle se battait toujours avec autant d'acharnement. Dès qu'elle vit le piège, elle poussa le conducteur à bas du char et prit elle-même les rênes. Elle se tailla un passage sanglant dans les rangs des céboïdes attaquant les flancs, puis elle fit demi-tour et cravacha les chevaux pour les ramener au cœur de la bataille. Blade comprit qu'elle entendait mourir là, au même endroit que son père. Il sourit sombrement. C'était justice, pensait-il.

Les Tharniennes, songeant à ce qui était arrivé à leurs sœurs, se vengeaient. Tous les Pethcines qui tombaient, morts ou grièvement blessés, étaient tailladés et châtrés sans merci. Une grande guerrière sculpturale courut devant Blade en riant et hurlant, brandissant des organes génitaux dégouttant de sang.

Blade se tourna vers Xeno. La bataille était gagnée et il n'avait guère de goût pour le carnage qui allait suivre. Il essaya de regarder au-delà de la mêlée, vers les tentes des Pethcines dans la plaine, mais les tourbillons de poussière les lui cachaient.

Il désigna du menton un char de combat avec son attelage qui se trouvait un peu à l'écart, les chevaux intacts arrachant paisiblement quelques pousses de mani qui avait été semé là. Le char était intact aussi, son conducteur affalé sur le siège, transpercé par une lance.

— Va me chercher ça, dit Blade.

Il était temps maintenant d'aller à la recherche de Zulekia et de Honcho. Plus que temps. Peut-être était-il déjà trop tard.

Xeno, perplexe, fit tomber le conducteur mort et amena le char à Blade. Blade y sauta d'un bond et rengaina son épée. Il rassembla les rênes.

— J'ai quelque chose à faire, dit-il à Xeno.

Va dire à Isma que je vais revenir le plus vite possible. Je...

Xeno, qui observait les derniers soubresauts de la bataille et le massacre des femmes assouvissant leur terrible vengeance, poussa un cri.

— Attention, Seigneur Blade ! La princesse barbare !

Totha, par quelque miracle de ténacité et de soif de vengeance, s'était dégagée et fouettait ses chevaux et les lançait droit sur Blade. Son casque avait disparu et elle saignait de plusieurs blessures. Ses cheveux volaient au vent de la course et des mèches se plaquaient sur sa figure ensanglantée. Sa bouche ouverte et hurlante évoquait une blessure de plus. Elle écrasa deux femmes qui bondissaient à la bride des chevaux et une troisième fut décapitée quand elle glissa devant les faux. Blade n'eut que le temps de placer son char en travers avant que Totha soit sur lui.

Elle lui lança sa lance en criant :

— Meurs, Blade ! Meurs avec moi ! Meurs avec Tota, la fille d'Org !

Blade se baissa. Il n'avait pas de bouclier. La pointe de la lance l'atteignit au flanc et creusa une longue blessure dans la chair, un sillon sanglant mais peu profond. Il voulut dégainer son épée. Les chevaux de Totha s'écrasèrent contre le char de Blade, se cabrèrent en hennissant et faillirent le renverser. Xeno bondit sur Totha mais fut repoussé par son épée scintillante. Elle manœuvra son char contre celui de Blade, maîtrisant d'une main son attelage, et menaça Blade de sa lame. Il avait du mal à conserver son équilibre, et n'avait pu encore dégainer. Elle poussa un cri de triomphe et elle était sur le point de sauter sur le char pour achever Blade quand elle eut un sursaut, se redressa en ouvrant de grands yeux et se retint à une ridelle du char. Un flot de sang jaillit de sa bouche ouverte. La pointe d'une lance émergeait de son sein gauche.

Encore debout, cramponnée à la ridelle, elle regarda fixement Blade, elle essaya de parler, s'étrangla avec son propre sang et finit par glisser lentement et par tomber entre les deux chars.

Isma s'approcha du cadavre et en arracha sa lance. Elle leva les yeux vers Blade.

— C'est fini. Les Pethcines sont pratiquement anéantis. A jamais. Nous pourrons traquer les autres quand nous voudrons. Et je t'ai sauvé la vie, Blade. Moi, Isma, Grande-Prêtresse de Tharn !

Blade hocha gravement la tête.

— C'est vrai. Je te remercie, Isma.

Il était tendu, tous ses sens en alerte. Jamais elle n'avait été aussi dangereuse.

Isma lui sourit et fit un signe. Un porteur de coupe s'avança, un neutre que Blade ne se rappelait pas avoir déjà vu. Le neutre tendit à Isma un grand hanap de teksine. Blade sentit l'odeur du soka.

Isma présenta le hanap à Blade.

— La coupe de la victoire, mon Seigneur Blade. Je boirai après toi.

Blade mourait de soif, sa langue se collait à son palais. Mais il sourit à Isma. Le prenait-elle pour un enfant, un neutre de bas niveau, un céboïde sans intelligence ? Comment pouvait-elle croire qu'il se laisserait prendre à une ruse aussi grossière ?

Il se préparait à faire un faux mouvement et à laisser tomber le hanap quand Xeno se précipita en criant :

— Non, Seigneur ! Non ! Ne bois pas ! J'ai vu préparer la coupe ! Elle est empoi...

Isma plongea son épée dans le cœur de Xeno. Blade en fut navré. Pauvre Xeno. Si seulement il s'était tu...

Laissant son épée dans le corps de Xeno, Isma regarda Blade d'un air de défi. Il soutint son regard. Derrière elle, le Deuxième Neutre paraissait mal à l'aise et détournait la tête. Les femmes, haletantes, couvertes de sueur et de sang, chargées de leurs horribles trophées, marmonnèrent entre elles en échangeant des regards perplexes. Elles ne comprenaient pas ce qui se passait.

Blade pencha le hanap et versa lentement son contenu sur le sol, entre Isma et lui. Le soka forma une petite mare en se mêlant au sang de Totha.

Blade désigna la flaque.

— Ceci restera toujours entre nous, Isma. Ne l'oublie jamais.

Il lui lança le hanap à la figure, rassembla les rênes des chevaux et les encouragea de la voix. Tandis qu'il faisait pivoter le char, les femmes bondirent pour échapper aux faux. Isma et le Deuxième Neutre reculèrent et suivirent des yeux Blade, qui fouettait ses chevaux et partait au galop dans la plaine.

Blade les poussa impitoyablement. Ils s'étaient reposés et semblaient assez frais. Il traversa une plaine de cauchemar, jonchée de morts et de mourants, droit vers les tentes des Pethcines. Il y avait quelques détrousseurs de cadavres, errant à demi-fous, et quelques blessés se traînant vers leur camp, mais personne ne fit attention à lui, personne ne l'attaqua. Un guerrier Pethcine grièvement atteint avait traîné le cadavre d'une Tharnienne vers les tentes et s'appliquait à le découper méthodiquement en menus morceaux. Il leva des yeux distraits quand Blade passa près de lui au grand galop.

Zulekia et Honcho avaient disparu. Blade n'en fut guère surpris. Il avait perdu trop de temps et le neutre avait dû comprendre que la bataille était perdue quand il avait vu la tête d'Org. Et il n'avait pas attendu la dernière charge des chars de Totha.

Le poteau auquel Zulekia avait été ligotée était toujours en place. Blade le contempla brièvement, puis il se remit à fouetter ses chevaux et prit la direction du nord. Il n'y avait qu'un seul endroit où Honcho pourrait se réfugier.

CHAPITRE XVI

Sutha, le vieux Roi des Neutres, était à genoux devant le sarcophage d'Astar Ire. Il y avait longtemps qu'il était dans cette position et ses genoux osseux lui faisaient mal. Ses mains tremblèrent quand il les posa sur le rebord de pierre pour s'y appuyer et se remettre debout. Il savait que bientôt ils allaient arriver. Sutha avait employé une escouade de jeunes neutres pour le tenir au courant de la bataille et le dernier messager venait de partir, il y avait quelques minikronos à peine. Non... ce ne serait plus bien long...

Ils arrivaient... Ils étaient là.

Isma, ensanglantée, les vêtements en désordre, entra dans le Saint des Saints. Le Deuxième Neutre la suivait, arborant un sourire satisfait, et puis quelques-une des femmes qu'Isma avait mises au courant de son projet.

Isma ne prit pas la peine de se prosterner devant le sarcophage. Elle passa devant d'un pas pressé et alla affronter Sutha. Elle avait abandonné son épée de guerre et portait à présent une arme de parade à la poignée ornée du phallus sacré.

Sutha s'inclina.

— Je te salue, Isma, Grande-Prêtresse de Tharn. J'ai appris la bonne nouvelle. Les Pethcines ont été écrasés ?

Isma le toisa froidement.

— C'est vrai. Et ce n'est pas grâce à toi, Sutha, qui est resté à l'abri ici et qui, de plus, nous a refusé l'Energie. M'a refusé l'Energie. A moi ! Moi, Isma ! Comment as-tu osé ?

Sutha sourit.

— J'ai osé, Isma, parce que le Seigneur Blade a jugé que cela valait mieux. Ainsi, nous avons aussi privé Honcho de l'Energie, Honcho le renégat qui nous aurait tous détruits. Est-ce que tout ne s'est pas terminé le mieux possible, Isma ?

Un froid soudain régnait dans la salle, qu'Isma n'aimait pas. Mal à l'aise, elle regarda autour d'elle en frissonnant. Elle savait qu'elle avait violé les tabous en amenant dans le Saint des Saints le Deuxième Neutre et les guerrières. Mais quelle importance ? Elle régnait maintenant sur Tharn, seule. Dès que l'Energie aurait été rendue, elle pourrait facilement traquer Blade et le tuer, ainsi que cette Maiduke qu'il semblait lui préférer. C'était une injure impardonnable !

Isma fit signe au Deuxième Neutre.

— Arrête-le ! Prends-lui la chaîne de son rang. Désormais, tu la porteras.

— Je ne le crois pas, dit Sutha.

Il s'aperçut soudain qu'il n'avait pas peur. Pas peur du tout. Il se laissa tomber à la renverse dans le Bassin d'Energie. Il avait pris la précaution de doubler sa tunique avec la teksine la plus lourde, afin de sombrer rapidement. Son corps plongea. Le coffret scintillant au fond du Bassin attendait qu'il le heurtât.

Le Deuxième Neutre n'eut même pas le temps de pousser un cri.

Richard Blade, fouettant à mort les chevaux tirant le char de combat, ne vit pas la première explosion. Il tournait le dos à Urcit et suivait les petits points mouvants au bout de la vaste plaine ; ce ne pouvait être que Honcho et Zulekia. Ça et là, de petits groupes silencieux se traînaient sans prendre garde à lui, des guerriers pethcines qui ne songeaient qu'à regagner la Gorge.

Il fut averti de la catastrophe par un vent violent qui le poussa, un effroyable courant d'air qui balaya la plaine comme si des géants avaient ouvert leur porte à tous les vents du cosmos. Il aplatit les champs de mani de part et d'autre de la piste et renversa les chevaux et le char dont une roue se brisa. Blade fut éjecté mais il tomba sur le dos et les épaules et put rouler sur lui-même et se relever sans mal. Il se retourna vers Urcit.

Il n'y avait pas de flammes. Rien que de la fumée. Epaisse, noire, grasse, s'élevant en immenses colonnes et se déployant en champignon là où s'était étendue Urcit. Blade ne put imaginer sur le moment ce qui s'était passé. Il savait simplement que l'Energie avait été détruite à jamais. Tous ceux qui s'étaient trouvés dans le voisinage de l'explosion devaient avoir péri. Mais il y aurait des survivants. Il y en avait toujours. Et c'était sur ces survivants que Blade devait compter, pour eux qu'il devait travailler.

Il se mit en marche dans la plaine, d'un pas rapide, la grande épée au poing. Un homme dans un char de combat était une chose, un homme à pied une autre. Certains des Pethcines en déroute risquaient de chercher à se venger.

Mais personne ne fit attention à lui. Les barbares se tenaient prudemment à l'écart, craignant la redoutable épée. Blade continua de marcher, courant parfois, vers le char et les chevaux de Honcho, maintenant immobiles. Il semblait être arrivé quelque chose au neutre. Sa progression avait été interrompue, comme celle de Blade, par la destruction d'Urcit. Mais si Blade accourait, Honcho ne faisait rien pour le fuir. Il ne faisait rien du tout.

Blade put enfin distinguer les détails. Le char n'était pas endommagé, les chevaux arrachaient paisiblement des touffes de mani. Honcho était écroulé devant le siège, ses jambes pendant sur le sol. Zulekia, la Maiduke, avait sauté à terre et attendait Blade. Quand il l'avait aperçue de loin elle avait été nue. A présent, elle portait un lambeau de tissu de teksine noué autour des reins.

Blade vit tout de suite que Honcho était mort. Comment, pourquoi, peu importait. Cette menace était conjurée. Il courut vers Zulekia, la trouvant plus belle encore que lorsqu'il l'avait vue pour la première fois sur la terrasse de la Tour de la Gorge.

Ses longs cheveux d'or rouge cascadaient sur ses épaules et couvraient ses seins nus. Elle se tenait très droite, fière, et l'attendait. Blade se demanda si elle allait se prosterner, lui rendre esclavommage, et il fut curieusement ému quand elle n'en fit rien.

Il s'arrêta à quelques pas d'elle.

— Zulekia ! C'est bon de savoir que tu es saine et sauve.

Une phrase bien banale pour un amant. Mais cela viendrait plus tard. Il en était sûr, à présent. Le moment n'était pas venu de la passion, ni des déclarations d'amour.

Ses yeux de gentiane, aussi immenses et lumineux qu'il se les rappelait avaient une expression grave. Elle ne sourit pas.

— Oui, Seigneur Blade. Mais je ne suis pas surprise. Je savais que tu viendrais me chercher.

— Tu savais ?

— Je le savais, Seigneur Blade.

Ce doit être vrai, pensa-t-il. Tout comme il avait su, dès le premier instant, qu'il voulait cette femme par-dessus tout, qu'elle avait plus d'importance pour lui que tout ce que contenait Tharn. Ce n'était pas le moment de s'interroger. Cela viendrait plus tard peut-être. Le fait seul suffisait.

De la pointe de la longue épée, Blade désigna le cadavre de Honcho.

— Comment est-ce arrivé ?

— Quand il a vu l'explosion, il a pris quelque chose. Une très petite pilule. De couleur dorée.

— Qu'a-t-il dit ?

Ses épaules nues se haussèrent dans un geste d'indifférence.

— Il a dit : « Blade a gagné. Mon Tharn et mon Urcit sont morts. Blade est peut-être un dieu après tout. »

— C'est tout ce qu'il a dit ?

— C'est tout, mon Seigneur. Puis il a souri, il a posé sur moi ses yeux verts et il est mort. Nous sommes bien débarrassés de lui, mon Seigneur. Il nous aurait encore causé des ennuis.

— Pas pour longtemps. Mais c'est aussi bien. Zulekia...

— Oui, mon Seigneur ?

— Tu ne dois plus m'appeler Seigneur. Tu m'appelleras désormais Richard.

— Richard ? répéta-t-elle d'une voix hésitante, puis une ombre de sourire joua sur ses lèvres pulpeuses. Richard... Qu'est-ce que cela veut dire ?

Il avança et la prit dans ses bras et plongea son regard dans ces yeux violets pleins d'ombres et d'étincelles. Elle se blottit contre lui.

— Cela veut dire embrasser, peut-être ? Embrasser, j'aime beaucoup.

Il l'embrassa longuement. Elle se pendit à son cou.

Blade, un bras autour d'elle, se retourna pour contempler la fumée planant sur Urcit comme un sombre baldaquin. Au bout d'un moment, la fille murmura :

— Urcit a été détruite à jamais ?

— Pas à jamais, Zulekia. Nous la reconstruirons. Une meilleure Urcit.

Elle le regarda sans comprendre.

— Mais qui va régner sur Tharn, maintenant ?

Blade éleva son épée. A ce moment, un rayon de soleil transperça la chape de fumée et fit étinceler la lame.

— C'est moi qui vais régner, dit Richard Blade.

Zulekia hocha la tête. Pour elle, c'était tout naturel. Normal. Blade, conscient de ses craintes et de ses doutes, reprit espoir. C'était possible ! Ce devait l'être !

— Il y aura beaucoup à faire, dit-il. Un travail ardu tel que tu n'en as jamais connu. La peur, la terreur, les échecs... Mais nous réussirons, Zulekia. Tout comme j'étais étranger en venant dans ton univers, tu seras étrangère, au début, dans le nouveau monde que nous bâtirons ici à Tharn.

Elle ne parut pas comprendre. Il soupira et caressa son épaule satinée. Elle comprendrait. Avec le temps. Le temps, se dit-il, c'était la seule chose dont il pouvait être sûr maintenant. Mais combien de temps ? Blade haussa ses puissantes épaules. On verrait bien...

— Richard ?

— Oui ?

— Il y a quelque chose que je dois te dire. Il s'est produit des choses étranges, dans mon corps, depuis ce jour où nous avons fait le coi dans la Tour de la Gorge. J'ai lu dans les livres des récits de ces choses. Naturellement, c'est illégal que je porte...

Blade la considéra avec stupéfaction puis il s'écria :

— Les lois de Tharn sont changées ! C'est moi qui gouverne à présent et je déclare légal que tu portes mon enfant. En fait, je l'ordonne !

Il y avait eu, depuis le début, depuis la première aventure en Alb et puis sur la terre de Cath, un risque. Lord Leighton l'avait fait observer. Il avait beaucoup travaillé à l'invention et la mise au point de son petit ordinateur « chronos », destiné à « étirer » la capacité mnémotechnique de Blade afin qu'il puisse enregistrer tous les renseignements possible sans effort conscient. C'était très utile et cela lui facilitait la tâche. Une partie de son esprit était devenu en somme un magnétophone, une mémoire électronique qu'il était possible de réécouter.

Restait le risque. Blade avait tendance à oublier sa propre personnalité, celle de sa dimension réelle ; dans le feu de l'action, du danger, dans la lutte pour la vie ou les brasiers de l'amour, Richard Blade oubliait qui était en réalité Richard Blade ! Il en était ainsi à présent, et quand il éprouva de vives douleurs dans le tête il en fut très sincèrement surpris.

Le ravissant visage de Zulekia s'estompa. Blade dut pousser un gémissement, tandis que la douleur s'intensifiait, car la fille se cramponna à lui, alarmée, et chercha à le regarder dans les yeux.

— Richard ! Qu'y a-t-il ? Tu es bizarre. Tu... tu...

La plaine de Tharn scintilla et bascula. Dix soleils percèrent sa tête de rayons rouges brûlants. Il serra la fille contre lui et sentit son corps doré se transformer en vapeur. Il ne sentait plus son propre corps, ses membres se dissolvaient, flottaient, l'abandonnaient. Il essaya de regarder Zulekia une dernière fois, car maintenant il comprenait, il savait que Lord Leighton le rappelait, mais Zulekia était un oiseau qui s'envolait.

Blade rapetissait, il n'était qu'un nain, il n'était plus rien qu'un fluide passant du positif au négatif et bientôt il ne serait plus que néant.

Il avait conscience, tout juste, de serrer encore dans sa main le glaive géant des Pethcines. De très loin, comme un écho dans un labyrinthe, il entendit une voix qui murmurait :

— Zul... je... t'ai...

Il se désintégra.

CHAPITRE XVII

Richard Blade, comme toujours après une incursion dans d'autres dimensions, était dans un état de demi-coma et fortement commotionné. A en juger par les précédentes expériences, il lui faudrait au moins douze heures pour se réadapter à la vie de Londres en 1976. Avant qu'il redevienne Richard Blade, le plus précieux agent du M16A, qui avait pour chef un vieux monsieur bourru nommé J.

Lord Leighton, en compagnie d'un J anxieux, contemplait la cage de verre installée dans les entrailles du monstrueux ordinateur. Ses petits yeux jaunes brillèrent lorsque le grand corps musclé de Blade commença à se matérialiser sur le fauteuil capitonné de caoutchouc.

J poussa un soupir de soulagement.

— Eh bien dites-moi, mon vieux. Nous avons réussi encore une fois. Mais j'aime autant vous avouer que je commençais à m'inquiéter un peu. Je *sais* que vous savez ce que vous faites, Leighton, mais je ne puis m'empêcher d'être angoissé.

Devons-nous toujours utiliser Blade ? Ne pourrions-nous...

Lord Leighton ne le regarda même pas.

— Vous connaissez vous-même la réponse, J. Non. Ordres du Premier Ministre. Tant que Blade sera volontaire... ce sera Blade. Voilà. Il est presque totalement revenu. Nous pourrons entrer dans un moment. Qu'a-t-il donc apporté avec lui ?

J se pencha pour regarder par la paroi de verre derrière laquelle Blade était maintenant assis, entièrement nu, dans le fauteuil qui ressemblait si étrangement à une chaise électrique. Son corps musclé était tout festonné de fils d'électrodes qui passaient par les minuscules hublots de l'ordinateur géant. Il ne bougeait pas, il regardait droit devant lui, les yeux fixes. J fronça les sourcils.

— On dirait une épée. Oui. Une immense épée sanglante. Par exemple ! Je me demande bien où le cher garçon est allé cette fois.

Le petit savant bossu haussa les épaules. Dans ces moments-là, Lord Leighton avait bien du mal à garder sa sérénité scientifique. Il avait — tout à fait par hasard — accompli le miracle technique le plus extraordinaire de tous les temps et il se demandait parfois si ses nerfs résisteraient à la tension.

— Nous le saurons bien assez tôt, bougonna-t-il. Venez. Tout va bien, maintenant. Vous connaissez le processus.

— Je le devrais, grogna J avec irritation. C'est la troisième fois !

Il s'écarta pour laisser Lord Leighton le précéder dans la cage de verre. Richard Blade ne parut pas les reconnaître, ni même les voir. Son regard resta fixe. Lord Leighton commença à détacher les électrodes. Lorsque le corps de Blade fut complètement libéré de tous les fils, Leighton essaya de lui prendre l'épée.

La forte main de Blade se resserra sur la poignée. Il refusa de la lâcher. Lors Leighton n'insista pas. Il se redressa, pas du tout décontenancé.

— Aucune importance. Il la lâchera tout à l'heure. Maintenant je vais simplement procéder à l'hypnose et nous pourrons l'emmener.

Leighton commença à passer lentement une de ses mains crochues devant les yeux de Blade. C'était une technique qu'il avait développée, après beaucoup d'expériences, depuis le retour d'Alb de Blade. Blade, qui normalement était impossible à hypnotiser, réagissait bien dans ces moments-là et l'hypnose légère l'aidait à opérer la transition entre les dimensions.

Ils étaient prêts. J prit un des bras de Blade, Lord Leighton l'autre, et ils firent sortir le colosse de la salle des ordinateurs pour l'emmener par un long couloir vers un petit ascenseur automatique.

Ils étaient à ce moment à quelque soixante mètres sous la Tour de Londres. L'ascenseur les fit plonger plus profondément encore, jusque dans un petit complexe hospitalier ultra-moderne et perfectionné dans ses moindres détails. Là Blade se reposerait dans une chambre climatisée pendant qu'il révèlerait tout ce qui lui était arrivé. Une fois qu'il aurait dormi et que les effets de l'hypnose se seraient dissipés, il serait examiné et ausculté par des dizaines de spécialistes célèbres. Il serait soumis à tous les tests connus de la science médicale, depuis les analyses sanguines jusqu'aux recherches d'un psychiatre renommé dans le monde entier.

Grâce à J, et à la perfection de son organisation secrète, aucune des personnes engagées ne savait exactement *pourquoi* elle se livrait à ces examens.

Blade n'avait encore rien dit. Il ne parla pas davantage tandis que Lord Leighton lui prenait la grande épée et la remettait à J.

— C'est de votre domaine, J. Aux laboratoires, pour une analyse minutieuse. Faites attention. Il y a un fragment de quelque chose, qui est pris dans la garde et qui pourrait être précieux.

J hocha la tête avec admiration. Il n'avait rien remarqué dans la garde. En y regardant de plus près, il vit la chose, un minuscule lambeau d'une matière qui ressemblait à du plastique. Il soupesa l'épée. Dieu qu'elle était lourde ! Se pouvait-il qu'un homme puisse se servir d'une telle arme ? Même un homme aussi fort que Blade ?

Blade était maintenant couché entre des draps blancs. Sa figure bronzée était sereine. Seul un battement, un frémissement des paupières indiquait qu'il ne dormait pas encore. Lord Leighton murmura :

— Maintenant vous allez dormir, Richard. Vous dormirez et vous parlerez. Parlez ! Racontez-nous tout ce qui vous est arrivé. Tout ! Vous parlez, Richard. Vous nous raconterez tout... tout... tout...

Lord Leighton fit un signe à J, qui appuya sur un bouton encastré dans le mur près de la porte. Il n'entendait rien, il ne voyait rien, mais il savait que les bobines tournaient. Tous les mots que prononcerait Richard Blade pendant les douze heures suivantes seraient enregistrés pour la postérité.

Il était temps de partir. Cependant, Lord Leighton et J s'attardèrent un moment sur le seuil. J trouvait l'épée de plus en plus lourde.

Soudain Blade parla, d'une voix sonore, dure. J haussa les sourcils et regarda le savant. Il savait que jamais il ne s'habituerait tout à fait à cette sorcellerie. Leighton haussa les épaules. C'était intéressant, cependant. La voix n'était pas celle du Richard Blade qu'il connaissait mais on ne pouvait se méprendre sur le ton autoritaire, le ton de commandement.

— Il y a un lieu nommé Tharn. Une fois, pour un peu de temps, j'ai été roi là-bas.

Lord Leighton prit J par le bras et l'entraîna. La porte de la chambre se referma automatiquement dans un soupir. Blade était maintenant enfermé et rien ne le dérangerait avant qu'il appuie sur le bouton qui le mettrait en communication avec Leighton par le téléphone privé. A ce moment, son cerveau se serait complètement vidé sur les bandes. Plus tard ce serait l'interrogatoire personnel en présence de Lord Leighton et de J, uniquement. Et des magnétophones.

Dans le petit ascenseur, J murmura :

— Cette voix... Ce n'était pas du tout Richard.

Lord Leighton haussa les épaules et sa bosse tressauta.

— Aucune raison de s'inquiéter, je pense. Ça lui passera. Sa voix redeviendra ce qu'elle était. Le timbre de la voix est, dans une certaine mesure, contrôlé par le cerveau. Les centres de la parole. Dans ce cas, les cellules corticales concernées ont pu être un peu lentes à se réassembler dans leur schéma original.

J garda le silence jusqu'à ce qu'ils arrivent dans le laboratoire personnel de Leighton, loin du complexe d'ordinateurs.

— J'ai remarqué, dit-il alors, qu'à chaque fois il faut un peu plus de temps pour ramener Richard exactement là où il était avant. A ce qu'il était. Est-il possible de projeter, Leighton, de prévoir l'ultime ? Je suis sûr que vous voyez ce que je veux dire. Qu'allez-vous faire à ce sujet ?

Lord Leighton s'appliquait à retirer le bout de substance inconnue de la garde de l'épée, avec une petite pince.

— Hum... On dirait du plastique ordinaire, mais je vous parie quelques livres que ce n'en est pas.

Il glissa le lambeau dans une enveloppe qu'il scella, puis il griffonna une indication au crayon rouge.

— A ce sujet ? reprit-il. Je me propose de ne faire absolument rien, J, sinon continuer comme nous l'avons fait jusqu'à présent. J'ai l'intention d'envoyer Blade en exploration aussi longtemps qu'il sera volontaire, et aussi longtemps que sa forme le lui permettra.

Les petits yeux jaunes du savant pétillèrent en voyant la mine renfrognée de J.

— Que voulez-vous, mon ami ? Vous connaissez l'importance de tout cela ! Vous avez entendu le Premier Ministre. L'avenir de l'Angleterre, le sort de millions de gens pourrait dépendre de ce que Blade apprendra au cours de ces explorations. Pourquoi vous inquiétez-vous tant, J ? Blade ne se fait aucun souci.

J n'insista pas. Leighton avait raison, naturellement. Blade, le premier concerné, acceptait volontiers les risques répétés. Mais aussi, Blade était un garçon extrêmement courageux. J ne l'était pas.

En quittant la Tour, dans la voiture qui le ramenait chez lui, J songea : « Tharn ? Qu'est-ce que ça peut bien être encore. Tharn. Un lieu, oui. Un lieu qui s'appelle Tharn... » J alluma sa pipe et s'efforça de se détendre. Il le saurait bientôt. Tout était enregistré sur les bandes.

Il se promit d'accorder un mois de vacances au cher garçon. Un mois entier. J sourit, en songeant que Richard devrait trouver une autre fille pour remplacer sa Zoé qui l'avait quitté, qui ne pouvait supporter ses mystérieuses disparitions. Mais il lui faisait confiance. De ce côté-là, Richard n'avait jamais été embarrassé.

Richard Blade, effectivement, n'eut aucun mal

à trouver une fille pour remplacer l'infidèle Zoé. Il en trouva même plusieurs et quand tous les interrogatoires et les examens exhaustifs furent terminés, il en choisit une et l'emmena avec lui dans le sud, dans son cottage du Dorset. Là ils se promenèrent sur les falaises, firent de la voile et surtout l'amour. Le soir ils jouaient aux fléchettes dans le pub du village en buvant de la bière, et retournaient encore faire l'amour. Elle s'appelait Ann Watkins et elle dirigeait une collection dans une petite maison d'édition d'art. C'était une fille éminemment raisonnable, qui ne parlait ni de mariage ni d'avenir. Il y avait entre eux de la camaraderie, de l'affection et de la joyeuse fornication sans complexes.

Parfois, tandis qu'elle dormait paisiblement près de lui, Blade gardait les yeux ouverts et il écoutait le ressac de la Manche contre les rochers au pied du cottage. Dans ces moments-là, Zoé lui manquait un peu. Mais cela ne durait pas.

Le laboratoire avait analysé le lambeau de teksine qui s'était accroché à la garde de l'épée. Les savants étaient déroutés. Mais s'ils parvenaient à reproduire la teksine, à la synthétiser, l'Angleterre aurait fait un immense pas en avant dans le domaine économique. Un pas indispensable.

Blade fronça les sourcils, dans le clair de lune inondant la chambre. Il y avait quelque chose qui le troublait, parce qu'il ne le comprenait pas. Cette fois, il n'avait pas tout raconté aux bandes magnétiques. Il ne savait pas pourquoi, il ne pouvait se l'expliquer, mais il n'avait pas révélé qu'il avait laissé à Tharn un enfant de lui.

Dans sa personnalité actuelle, cela dépassait l'entendement. Mais c'était un fait... Quelque part dans le cosmos, au-delà de la fissure dimensionnelle, un enfant allait naître. Son enfant. Un enfant qui deviendrait peut-être, un jour, roi ou reine d'un pays appelé Tharn.

IMPRIMÉ EN FRANCE PAR BRODARD ET TAUPIN
7, bd Romain-Rolland - Montrouge.
Usine de La Flèche, le 25-05-1976.
6699-5 - N° d'Editeur 10237, 2e trimestre 1976.